W0332692

Wiglaf Droste – Schalldämpfer

Wiglaf Droste, 1961 geboren, lebt in Berlin und unterwegs. Seine Texte erscheinen bei *mdr-figaro, rbb-Kultur*, als tägliche Kolumne in der Tageszeitung *junge Welt*, in der Zeitschrift *Das Magazin* und im *NZZ Folio*. 2003 wurde ihm der Ben-Witter-Preis zugesprochen, 2005 der Annette-von-Droste-Hülshoff-Preis, 2013 der Peter-Hille-Preis. Buchveröffentlichungen bei Tiamat u.a.: »Sprichst du noch oder kommunizierst du schon?«, 2012. »Die Würde des Menschen ist ein Konjunktiv«, Berlin 2013.

»Schalldämpfer« erschien zunächst und in teilweise vorläufiger Form vom 18. Juli bis zum 16. November 2013 als täglicher Fortsetzungsroman im Feuilleton der Tageszeitung *junge Welt*; Autor und Verlag bedanken sich bei den betreuenden *jW*-Redakteuren Christof Meueler und Alexander Reich.

Edition
TIAMAT
Deutsche Erstveröffentlichung
Herausgeber:
Klaus Bittermann
1. Auflage: Berlin 2014
© Verlag Klaus Bittermann
www.edition-tiamat.de
Druck: cpi-books
Umschlagentwurf: Felder Kölnberlin Grafikdesign
ISBN: 978-3-89320-187-7

Wiglaf Droste

Schalldämpfer

Eine Revue

den verehrten Schalldämpfern Franz,
Jan, Klaus, Nikolaus, Ralle und Vincent
zugedacht und zugeschrieben

Edition
TIAMAT

Für Silvia Heinz, Uschi Brüning, Ernst-Ludwig „Luten“ Petrowsky, Axel Martens, Heike Ollertz, Michael Bugmann, F.W. Bernstein, Roland Botsch, Stéphane Collard, Fritz Eckenga, Rayk Wieland, Rahel Valdiviéso, Boni Koller, Friedrich Küppersbusch, Archi Bechlenberg, Gabi Rittig, Hubert Huhn, Achim Frenz, Ernst Kahl, Danny Dziuk, Torsten Puls, Andreas David, Danda Cordes, Fabian Christen, Richard Blatter, Berthold Seliger, Ruth Hohmann und Walter Gödden

und für Harry Rowohlt sowieso

und für Luigi Prezioso, weil ich
gerne genauso hieße

Wir hatten das Kommando Leise Welt gegründet, eine Organisation zur Rettung des menschlichen Trommelfells und der innen angrenzenden Organe. Lärmbolde, Schreihälse und Rollkofferbrüllwürfelhintersichherzerrer bekamen von uns einen eindeutigen Wink mit der Wumme.

Besonders penetranten und unfähigen Straßen- und U-Bahn-Musikern machten wir ein großzügiges Angebot: Gegen die bindende Verpflichtung, nie wieder öffentlich zum Instrument zu greifen, bekamen sie einen anständig dotierten Job bei der Firma Oropax, deren stille Teilhaber wir sind. (Die Betonung liegt selbstverständlich auf still.)

Weniger freundlich waren wir zu Distributeuren von Fahrstuhlmusik und Kaufhausbeschallung; die setzten wir schon mal 48 Stunden der akustischen Jauche aus, mit der sie die Welt belegen, und zwar so, dass sie sich die Ohren nicht zuhalten konnten.

Hauptziel aber waren die Musikchefs von Radiosendern, die ohne jede Gnade Millionen Hörer quälten und in die Verzweiflung trieben. Sie bekamen etwas Großkalibriges in den Hohlraum zwischen ihren Ohren verabreicht, getreu den Grundsätzen unseres Kommandos selbstverständlich mit dem Schalldämpfer.

Franz, unserem besten Schützen, gefiel das gar nicht. Franz fand Schalldämpfer scheiße und maximal den halben Spaß. Er arbeitete lieber mit einer Abgesägten.

Das Kommando Leise Welt bestand aus sieben Leuten. Neben Franz, dem 55jährigen Freund der Abgesägten, der auf dem Beifahrersitz hockte wie John Wayne auf dem Bock einer Well's Fargo-Kutsche, saß Klaus am Steuer unseres hochgetunten Elektro-Vans. Die Karre bewegte sich fast lautlos, konnte im Bedarfsfall aber auch mal mit 250 Sachen gekachelt werden; »cacheler, cacheler«, wie der Franzose sagt.

Klaus war ein geübter Fahrer, den man in jedem Kriminalfilm hätte einsetzen können. Die einzige Schwachstelle dieses Gentleman von 61 Jahren war seine Prostata. Alle 15 bis 20 Minuten musste er rechts ranfahren, um sich drei bis vier Tropfen aus der Gurke zu drücken. Wenn uns die Bullen nach einer unserer Schalldämpfer-Aktionen im Nacken saßen, konnte es schon mal eng werden, aber bisher war alles gutgegangen, und außer freundlichen Frotzeleien wie »Dröppche vor Dröppche Qualiteit« hatte sich Klaus keine Kommentare anhören müssen.

Auch die zweite Bank hatte nur zwei Plätze; den dritten Sitz neben der Schiebetür hatten wir ausgebaut, damit die Jungs auf der dritten Bank so schnell auf ihre Plätze kamen, wie es ihnen möglich war.

In der zweiten Bank gleich neben der Tür saß

Ralle. Sobald Klaus irgendwo anhielt, sprang Ralle sofort aus dem Wagen und rauchte so schnell es ging, um möglichst noch eine zweite Fluppe durchziehen zu können. Ralle war unser Mann für das Einseifen der Delinquenten. Von rundem Wuchs, mit einem freundlichen, harmlos wirkenden Gesicht und einer hypnotisch sonoren Stimme gesegnet, beschwatzte der 59jährige die Lärmchefs der Krawallsender, und alle kamen zu einem ersten und für sie letzten Treffen. Keine Ahnung, was Ralle ihnen erzählte, wahrscheinlich versprach er ihnen die definitive Musikuhr und jede Menge Profit. Jedenfalls tanzten sie an und waren damit ein Fall für Jan, der es mit der Stille sehr genau und ihren Schutz sehr persönlich nahm.

Jahrzehntelang war Jan, Kettenraucher wie Ralle, schrecklichen Gewaltphantasien ausgesetzt gewesen, die ihn bedrückten und marterten, für die er sich schämte und schuldig fühlte und die er vergeblich zu verdrängen versuchte. Besser ging es dem ehemaligen Waldorfschüler erst, als er feststellte, dass er diese Phantasien ausleben konnte, und das auch noch für einen guten Zweck. Mit seinen 47 Jahren war Jan unser Jüngster und manchmal noch etwas hibbelig. Aber bei der Arbeit zuckten ihm kein Nerv und kein Muskel, die erledigte er wie Spazierengehen mit dem Hund.

Genau wie Franz hätte Jan lieber mit größerem und vor allem lauterem Gerät hantiert, aber das widersprach nun einmal den Grundsätzen des Kommandos Leise Welt. Jan argumentierte, dass

Lärm nur mit Gegenlärm erfolgreich zu bekämpfen sei und träumte davon, mit einer Pump Action richtig loszulegen. Doch auch er musste die Kröte schlucken und mit Schalldämpfer zu Werke gehen.

Auf der dritten und letzten Bank unseres schnittigen Elektro-Vans saß am linken Fenster Nikolaus. Er beteiligte sich nie aktiv an unseren Aktionen, fuhr aber gern mit. »Das sind ganz herrliche menschliche Abgründe«, pflegte der 57jährige zu schwärmen, um dann stets zu betonen: »Ich meine selbstverständlich eure. Die Typen, die ihr euch krallt, sind entweder zu flach für jeden Abgrund oder sie sind schon so weit unten, dass sie in keinen Abgrund mehr fallen könnten. Nein, inspirierend seid ihr; so nette Kerle, und dann macht ihr sowas.« Nikolaus war Maler, und eins seiner Lieblingsmotive war der Tod.

Am anderen Fenster der dritten Bank saß Vincent. Niemand wäre auf die Idee verfallen, dass dieser Mann beim Kommando Leise Welt dabei war. Vincent, ausgesprochen mit hartem V wie in Vogel oder Karl Valentin, nicht mit weichem wie in Vaseline, war eine barocke Erscheinung von 64 Jahren. Seinen Prachtranzen trug er gut, und sein gallischer Zinken, sein Genießermund und seine klugen Augen verliehen ihm eine gutmütige, sinnliche Ausstrahlung.

Wer ihn unterschätzte, machte einen Fehler, denn Vincent war ein tödlicher Schütze. Schusswaffen interessierten ihn nicht; als alter Indianerfreund hielt er sich an Pfeil und Bogen. Er brauchte stets nur einen Pfeil, um sein Wild auch auf größere Entfernungen genau so zu treffen, wie er es wollte. Auch mit dem Messer ging er vorzüglich zu Werke, und so hatten wir in ihm einen Experten für lautlose Arbeit. Er verlor niemals die Nerven, und seine Umsicht und seine Erfahrung hatten schon ein paar Mal eine Aktion gerettet, die den anderen schon missglückt schien. Wenn ein Pfeil die Sehne seines Präzisionsbogens verließ, konnte Klaus in den Bleifuß-Modus wechseln; dass Vincents Pfeil einem besonders unangenehmen Erzeuger von Krachgewummer eine unerwartete Begegnung bescheren würde, stand fest.

Zwischen Nikolaus und Vincent saß ich. Mir gefiel die Arbeit mit dem Schalldämpfer; ich liebte es, dem bierflaschentragenden Partyjungvolk die Pullenhälse abzuschießen, ohne dass sie auch nur ahnten, was und wie ihnen geschah. Panisch starrten sie auf die zerballerte Flasche in ihrer Hand und bekamen das Rennen. Auch Trommelgruppen im Park hatte ich gern.

Wo kommen die Löcher in dem Bongos her, schienen die Wumm-wumm-Gesichter der notorischen Tierhauthaudraufs zu fragen, die sich von dreivierteldebiler Verzückung ins Ängstlich-Dümmliche verjüngten. Zum Einstimmen auf eine größere Aktion war das jedenfalls sehr gut geeignet.

Unser Elektro-Van schnurrte durch das frühabendliche Berlin. Klaus fuhr langsam, und durch die getönten Scheiben des gut gekühlten Wagens betrachteten wir das geballte öffentliche Elend. »Wir sollten den Begriff Lärm neu definieren«, sagte Jan nach einem längeren Blick auf diverse volltätowierte Nasenringträger. »Die Typen sind doch optische Gewalt. Die drängen anderen ihre Selbstverletzungen und ihren Schmerz auf. Das ist nicht in Ordnung.« Er lud seine Pistole und schraubte den Schalldämpfer auf.

»Es gibt auch olfaktorischen Lärm«, ergänzte Vincent. »So wie es Gestank im Ohr gibt, so gibt es auch aggressiven Lärm in der Nase: Parfümerien, die jeden, der nur vorbeigeht, in die Blümeranz treiben. Die Blumenkübel, die in der Nähe von Douglas-Filialen stehen, sehen interessant aus: Die Blumen sind eingegangen, dafür haben die Passanten allerlei Buntes hineingebrochen.«

»Kuckt euch die an!«, rief Franz vom Beifahrersitz und zeigte auf drei Frauen Mitte 20 bis Anfang 30 mit sichtlich touristischem Migrationshintergrund. Alle drei trugen T-Shirts mit dem Aufdruck »BLOW JOB BERLIN«.

»Die haben echt Glück, dass wir gute, alte Sexisten sind und Frauen anders behandeln als Männer«, warf ich in die Runde. »Lasst uns hier abhauen«, erwiderte Klaus, der mal wieder rechts ran musste und das gern außerhalb der Innenstadt erledigen wollte. Er gab Most, und wir verließen die Insassen Berlins, die anderen eine Rund-um-die-Uhr-Tortur sind und dabei nicht einmal den Anstand haben, satisfaktionsfähig zu sein.

»Wo geht es denn heute eigentlich hin?«, fragte

Nikolaus aufgeräumt. Gerade weil er nur passives Mitglied des Kommandos Leise Welt war, wollte er etwas geboten bekommen.

»Nach Tötensen.« Ralles Stimme brummte vor Behaglichkeit. »Und das Wort ist als Imperativ aufzufassen.«

Der Ausflug von Berlin nach Niedersachsen entwickelte sich zu einer lustigen Klassenfahrt. An einer Raststätte hatten wir uns mit Wasser, Cola undsoweiter versorgt; bei der Arbeit tranken wir nie. Während ich zahlte, mopsten die anderen die allerschlimmsten Tonträger und warfen sie draußen in den Müll. »Eigentlich erbärmlich, dass wir erst die Endprodukte entsorgen und nicht schon vor der Produktion tätig werden«, seufzte Vincent und trat eine Kuschelrock-CD in den Boden.

Weiter ging es, der Abend war lau und angenehm kühl. »Was wollen wir eigentlich in Tötensen?«, fragte Jan. »Gibt es da irgendetwas für uns zu tun?« Er ließ einen bedeutungsvollen Blick auf seiner Pistole liegen. »Jan, Jan, Jan«, ließ ich mich von der dritten Bank vernehmen »Wer kuckt denn mit seiner Gattin RTL, sogar beim Abendessen?«

Jan stand weiter auf der Leitung. Sein Sitznachbar Ralle half ihm auf die Sprünge. »In Tötensen wohnt ein blonder, blauäugiger, dauergrinsender Mann, den du kennst, auch wenn du das gar nicht möchtest. Er begeht seit Jahrzehnten akustische Verbrechen gegen die Menschlichkeit und ist eine noch größere Pest als Bono.« Ralle hatte aus Liebe zu Irland und zur Musik eine tiefe Antipathie gegen den penetrant missionierenden U2-Sänger Bono entwickelt.

Bei Jan klingelte immer noch nichts. »Also gut, seufzte Ralle. »Hast du mal von ›Modern Talking‹ gehört? Von ›Blue System‹? Sagt dir ›Deutschland sucht den Superstar‹ etwas?« Er sah Jan an und lachte: »Na, fällt der Groschen?«

»Im Herzen bin ich wohl immer noch Waldorfschüler«, antwortete Jan. »Aber diese Knabbermischung aus *Bild,* Gemeinheit und sonstiger Niedertracht kenne sogar ich.« Er hielt kurz inne und fragte gibbelnd: »Und den machen wir heute Nacht um eine Kugel reicher?«

»Bohlen? Es geht zu Bohlen?« Franz wurde regelrecht fröhlich. Er liebte Musik, war ein zurecht gerühmter Country&Rhythm-DJ und bekam Pickel auf der Seele, wenn jemand Musik verheizte, schändete, missbrauchte, frevelte und damit mehrere Generationen nacheinander in Verrohung und Stumpfheit trieb. »Lasst mich wenigstens diesen lärmenden Betriebswirt mit der Abgesägten klarmachen! Eine Ladung Indianerschrot in die Eingeweide, das ist doch adäquat und den Qualen angemessen, die er anderen bereitet.«

»Substantiell hast du Recht.« Klaus sprach mit sanfter Stimme.

»Sag ich doch!«, erwiderte Franz herausfordernd.

Klaus blieb klar und fest. »Aber es geht trotzdem nicht. Natürlich legen wir dem Deppen das Handwerk und das dumme Mundwerk sowieso, aber eben leise.« Er lächelte Franz an. »Greif ihn dir in aller Stille. Ohne Dezibel. Lärm ist einfach unethisch.«

So glitten wir dahin, es war dunkel geworden, über uns prangte ein leuchtender Sternenhimmel. Jan träumte vor sich hin. »Und was machen wir hinterher? Fahren wir nach Wacken? Da könnte man doch mal im großen Stil zuschlagen?«, fragte er und lächelte, als hätte er eine köstliche Süßigkeit oder einen sehr feinen Wein im Mund, während Vincent aussah, als hätte er in etwas Verdorbenes gebissen.

»Auf gar keinen Fall«, sagte Vincent entschieden. »Es ist doch gerade gut, wenn es solche Hundert-Prozent-Idiotie-Zonen gibt. Wenn 45jährige Vollsprallos in Wacken die Freuden der Unwürde zelebrieren, dann sind sie nicht da, wo wir gerne sind. Die ghettoisieren sich selbst, das ist ein Segen. Genau wie bei Formel-Eins-Rennen: Wer sich das freiwillig antut, bedarf keiner Sanktion mehr, der hat die Höchststrafe schon weg.«

Er sah Jan an, milde und gütig. »Wir können und wollen uns doch nicht um jeden einzelnen Radaubruder kümmern«, sagte er mit einem versonnenen Blick auf seinen Präzisionsbogen, den er an der Wagendecke befestigt hatte. »Ideal wäre es, immer gleich einen sehr hohen Zaun um diese Irrsinnigenversammlungsstätten zu ziehen. Wenn man ab und zu Bier, Schweinerippchen und Dixi-Toiletten abwürfe, wären die lecker zufrieden und vermissten nichts. Aber das ist Zukunftsmusik«, schloss er und zuckte die Achseln, weil die Formulierung »Er zuckte die Achseln« in einem Kriminalroman einfach Pflicht ist.

Unterdessen hatten wir Tötensen erreicht, und auch die Latifundien des Todeskomponisten DB waren schnell gefundien. Vincent schlüpfte aus der Tür, trotz seiner Leibesfülle lautlos, als hätte er bei Winnetou einen Leistungskurs Anschleichen absolviert. Er sah sich um. »Die Alarmanlage ist kein Problem«, wisperte er uns zu, legte einen Pfeil auf die Sehne seines Bogens, spannte sie, zielte, stand ruhig und still und ließ den Pfeil fliegen. Ein Sirren, ein kurzes Klacken, und die elektronische Security hatte verspielt.

Ich musste an die »Tecumseh«-Bücher von Fritz Steuben denken, die ich als Kind so gern gelesen hatte; ein Jugendfreund von Tecumseh hatte sich den Namen »Ein Pfeil« verdient, weil er sein Ziel immer beim ersten Mal traf, und diesen Namen hätte auch Vincent tragen können. Kein Wunder, dass wir ihn »Häuptling« nannten.

»Ich gehe mal kurz raus«, sagte Klaus und fragte: »Wer geht rein?« Franz schmollte noch wegen des Abgesägtenverbots, Vincent hatte seinen Job gemacht, Nikolaus war Beobachter, blieben also Ralle, Jan und ich. Wir wuchteten unsere Leiber aus der Karre, prüften die schallgedämpften Eisen und machten uns auf den Weg.

Als wir etwa 50 Meter zurückgelegt hatten und das Domizil der Dezibelbestie en detail betrachten konnten, flammten schlagartig Scheinwerfer auf, schräg links vor uns, blendeten uns, ließen uns blinzeln, und als wir endlich wieder klar sehen konnten, erblickten wir Kameraleute, Ton- und Licht-Crews, alles war taghell. Die Tür des Hauses vor uns öffnete sich und entließ Frauen mit entblößten Oberkörpern. Sie hatten sich Botschaften auf die Brüste geschrieben, ich entzifferte »Bohlen holen«, »Dieter muss dot«, »Modern Stalking«, »Blut System« und »Deutschland sucht die Superleiche«.

Die Kameraleute drehten wie die Dullhermchen, die Frauen, sieben an der Zahl und allesamt sehr jung, um die 20 Jahre, stellten sich in Pose, drehten sich, lächelten demonstrativ boshaft, zeigten dabei den Teufelsgruß und verschwanden dann in der Nacht. »Was war das denn?«, fragte Jan, noch ganz benommen von der grotesken Szene. »Die Schemen der Femen«, gab ich zurück. Der Kalauer ließ Ralle aufstöhnen. »Der kostet jetzt aber«, verhängte er apodiktisch.

Aus nicht allzu weiter Ferne war Sirenengeheul zu vernehmen; Ralle, Jan und ich bewegten unsere Flummiballkörper zum Auto, so schnell wir es vermochten, sprangen hinein, und Klaus fuhr los. »Diese Medientanten sind grauenhaft«, maulte Ralle kurzatmig, »nichts geht mehr ohne Kameras, und in zehn Minuten steht alles im Netz. In dieser Welt ist für anständige Desperados kein Platz mehr«, seufzte er betrübt.

»Das ist nichts Neues«, tröstete ihn Klaus, der den französischen Situationisten Guy Debord zu seinen Lieblingsautoren zählte und dessen Hauptwerk, »Die Gesellschaft des Spektakels«, nahezu auswendig kannte. »Das kommt uns nur so vor, weil es heute mehr Medien und entsprechend mehr Medienmutanten vor und hinter der Kamera gibt. Aber am Prinzip hat sich nichts geändert.«

»Wohin soll die Reise gehen?«, fragte Vincent ruhig und aufgeräumt. »Haben wir einen Fluchtplan oder improvisieren wir?«

»Gute Frage«, gab Klaus zurück. »Wir wissen ja noch nicht, was die Bullen haben. Fotos von unserem Dreierkommando oder auch vom Auto und den anderen vier?« Er überlegte kurz. »Zu siebt gemeinsam untertauchen könnte schwierig werden. Vielleicht sollten wir uns für ein paar Tage trennen und uns ein bisschen verteilen. Was denkt ihr?«

Klaus schaltete das Autoradio ein; über Bohlen, die Aktion der Femen und uns gab es noch nichts, doch der Sprecher berichtete von einem Überfall auf eine Bundeswehrkaserne in Havelberg. 16 Fahrzeuge der Bundeswehr seien teilweise erheblich beschädigt worden, ein Sachschaden von mindestens 10 Millionen Euro sei verursacht worden, es war die Rede von einer »noch nie dagewesenen Art von Gewalt gegen die Bundeswehr«. Franz lachte. »Noch nie dagewesen? Dann wurde es aber langsam Zeit, oder?«, und Ralle ergänzte: »Was fahren die denn für Karren? Rolls Royce?«

Man konnte das Gejabbel in den Morgenzeitungen schon ahnen: »Feige und hinterhältig« sei »der

Anschlag« gewesen, und »menschenverachtend« sowieso; dabei hatten sich die Zerstörer von Kriegsgerät nur der Zeilen Günther Eichs erinnert, deren zufolge man besser daran tat, als Sand im Getriebe zu knirschen denn es als Öl zu schmieren. Die Täter waren nicht nur organisierten Mordbuben in den Arm gefallen, gewissenlosen Maizièristen und von der Leyen gelassenen Tötebolden, sondern auch brüllend lauten Ohrenpestlern.

»Mich zieht's heimwärts, Klaus«, sagte Vincent. »Ich gehe ein paar Tage kochen, und nächsten Sonntag sehen wir uns wieder.« Nikolaus schloss sich an, er fühlte sich inspirationsgesättigt und wollte malen. Franz würde sich mit Klaus nach Franken verdrücken, Ralle zog es an die irische Westküste, Jan und ich wollten ganz klassisch in Berlin untertauchen.

Ich hatte auch schon eine Idee: Wir beide würden in der Klapse verschwinden, in den Tiefen der Psychiatrie. Jan zierte sich reichlich, aber da er kleiner ist als ich und dem Schwitzkasten nicht sonderlich zugetan, stimmte er schließlich zu.

»Und versucht doch bitte alle, etwas über diese Hauptsache-Medien-Torten mit den nackten Möpsen rauszukriegen«, mahnte Klaus, als er am hannöverschen Hauptbahnhof hielt, jenem tief humanen Gebäude, das jedermann erlaubt, diesen Irrtum von Stadt zu verlassen.

Während Klaus, Franz, Nikolaus und Vincent sich im Elektro-Van Richtung Süden dünne machten, standen Ralle, Jan und ich am Hauptbahnhof

Hannover, um den ersten Zug nach Berlin zu erwischen. Uns blieb reichlich Zeit, und es war sogar noch eine Kaschemme geöffnet. Wir betraten den Laden, die Luft war zum Schneiden und die Beschallung zum Davonlaufen. Aus dem Boxen wimmerte es, als hätte jemand dem Sänger böse an die Klöten gefasst; es war aber nur Xavier Naidoo, der irgendetwas von seiner vorgeblichen »Seele« jaulte.

Jan und Ralle griffen vollautomatisch zu ihren Fluppenschachteln, gaben sich gegenseitig Feuer, sogen sich die Suchtlungen voll und lächelten selig. Als Ralle seine Kippen wegstecken wollte, verfehlte er die Jackentasche, die Schachtel fiel auf den schmutzigen Kneipenboden, Ralle beugte sich umständlich vor, um sich den Wanst nicht abzuklemmen, und, karratsch!, fiel ihm sein Püster auf die Bodenkacheln.

Der Wirt, ein fünfschrötiger Humpen mit rasiertem, glänzendem Schädel, kuckte beschissen. Ich sah ihm direkt ins Gesicht. »Ganz ruhig bleiben«, sagte ich und klopfte mit den Fingerknöcheln meiner rechten Hand gegen meine linke Brusttasche, unter der meine Pistole steckte. »Wir sind von einer Sondereinheit, und Sie haben nichts gesehen.«

Er glotzte wie ein Fisch auf dem Trockenen, sagte und tat aber nichts. Ralle hatte sein Eisen wieder eingesteckt und rauchte. Ich bestellte ihm ein großes Guinness gegen den Zittermann, einen doppelten Tequila für Jan und mir selbst ein Tonic. Dass die Kollegen Nervengift brauchten, war mir klar, ich hätte selbst gerne einen Kleinen genommen, wollte aber unbedingt klar bleiben. Dem Barmann traute ich keinen Millimeter, und die Petermänner konnten längst am Bahnhof sein.

»Diese nackten Weiber lassen mir einfach keene Ruhe«, sagte Ralle laut genug, dass Glatzkopp ihn hören konnte, uns augenblicklich wieder für ganz normale Männer hielt und sich seinem Zapfhahn zuwandte. »Wenn ick mir dett Hemd ausziehe, kommt da keen Kamerateam!« Immer wenn Ralf sich aufregte, verfiel er in seinen Berliner Heimatargot, den er auch in dreißig Jahren Irland nicht abgelegt hatte. »Sei doch froh«, warf Jan, vom Tequila befeuert, grinsend ein und bestellte sich abermals »einen Doppelten, schön mit Gemüse«. Ich ahnte, dass ich auf dieses junge Gemüse gut würde aufpassen müssen; der rettende Hafen eines Berliner Irrenhauses war noch nicht erreicht.

Jan bekam seinen doppelten Tequila mit Salz und Zitrone, leckte, kaute, kippte und schluckte hinter. »Kennst du eigentlich die ostpreußische Variante davon?«, fragte ich ihn. Gut gelaunt schüttelte er seine angeschnapste Birne. »Statt Tequila nimmst du Honigschnaps oder Korn oder Wacholder, oben aufs Glas kommt eine Scheibe Leberwurst mit einem Klacks Senf drauf, Wurst und Senf spülst du dann mit dem Schnaps runter. Heißt Pilkaller und ist mehr was für kalte Gefilde.«

Jan schüttelte sich angeekelt, während Ralle Gefallen an der Rezeptur zu finden schien. Bevor er einen weiteren Topf Guinness bestellen konnte, rückte ich zu ihm rüber und nahm ihn leise ins Gebet. »Kannst du eine Fluchtkarre besorgen? Ich hab kein gutes Gefühl bei der Bahn. Da kann uns die Schmiere in aller Seelenruhe abfischen.«

»Kein Problem!« Ralles Bassbariton füllte das Lokal. »Früher bei der IRA haben wir...« – »Mach hier nicht den McGuffin«, warf ich schnell ein und Ralle zuckte heftig zusammen. Der Gedanke an den irischen Schriftsteller, Politaktivisten und Aufschneider, der an Leberzirrhose abgenippelt war, fuhr ihm in die Glieder und hatte augenblicklich ernüchternde Wirkungen.

»Ob du das Ding mietest oder klaust, ist mir egal.« Mir war nicht wohl und ich drückte auf die Tube. »In 15 Minuten will ich hier weg sein.« Ralle nickte und verschwand, während Jan eine weitere Doppeldosis bestellt hatte. »Du bist schwerer zu hüten als ein Sack Flöhe«, sagte ich und legte ihm die Hand auf die Schulter. »Ich habe aber gar keine Flöhe am Sack«, erwiderte Jan und gibbelte, weil das lustig war. Ich bestellte die Rechnung und zahlte; der Wirt sah immer noch aus wie ein Spitzel, und McGuffin hätte jetzt eine seiner Knieschuss-Geschichten aufgetischt.

Ralle tauchte in der Tür auf und gab ein Handzeichen, Jan kippte den Rest Tequila runter, rutschte schlingerig vom Hocker und taumelte zum Ausgang. Ich warf dem Wirt noch einen Blick zu, von dem ich hoffte, dass er ihn richtig zu deuten wusste: Ein falsches Wort, Meister, und die fröhliche Schalldämpferfamilie kehrt zurück.

Als Jan und ich die Kaschemme verließen, stand Ralle schon ganz zappelig vor der Tür und präsentierte den Fluchtwagen: ein rotes MG-Cabrio. »Prima«, lobte ich ihn, »genau das richtige Auto für eine Fahrt zu dritt.« – »Kein Problem«, beschwichtigte Ralle. »Jan ist klein genug, den quetschen wir hinter die Vordersitze, er pennt seinen Rausch aus, und wenn wir in Berlin sind, ist er wieder aus einem Guss.«

Jan sah ihn giftig an und wollte schon antworten, als ein Streifenwagen heranglitt. Die Mehlmützen hielten direkt neben uns, der Beifahrer ließ das Seitenfenster herunter, musterte uns, schnallte den Sicherheitsgurt ab, stieg aus dem Auto und verlangte unsere Papiere.

»Eck ben irischer Staatsburger«, wandte Ralle erstaunlich würdevoll ein. »Darf eck fragen, was die Grund fur Ihrem Begehr ist?« Auch der Fahrer war inzwischen ausgestiegen und blaffte Ralle an: »Die Papiere bitte. Als Bürger der EU sind Sie verpflichtet, sich auszuweisen.« Ralle bedachte ihn mit einem sardonischen Lächeln, gab ihm aber das Dokument, und auch ich drückte ihm meinen offiziellen Identitätsnachweis in die Hand.

Der Beifahrer wandte sich Jan zu. »Sie auch. Ihre Papiere, bitte.« Jan war wie verwandelt. In der Kneipe noch beschnapst und maulig, gab er sich jetzt als Liebenswürdigkeit in Person. »Meine Herren«, sagte er mit gewinnendem Lächeln, »Sie können das nicht wissen, aber meine Eltern haben mich zu einem Leben als Anthroposoph verurteilt.

Weltliche Dinge interessieren uns wenig; uns ist es um die Harmonie zu tun, um den Wohlklang.« Die Beamten waren irritiert, und Jan nutzte das clever aus. »Ich werde Ihnen meinen Namen tanzen, eurythmisch. Meine Europäische Union ist die Eurythmie.« Dann begann er herumzuhopsen und die Arme in der Luft zu schlenkern und zu biegen. Nicht nur die beiden Streifenhörnchen staunten nicht schlecht; auch Ralle und ich wussten nicht recht, wohin wir wegkucken sollten. »Ein J!«, rief Jan verzückt, als trüge er Tütü und Ballettschuhe mit Spitze. »Ein A!«, ergänzte er, »ein N!«, und dann warf er sich der Länge nach auf den Boden und streckte sich.

Was sollte jetzt das? Die Erklärung ließ nicht lange auf sich warten. »Das ist der Bindestrich!«, erläuterte Jan im Liegen. »Ich heiße Jan-Michael, und Bindestriche kommen in der klassischen Eurythmie nicht vor. Da habe ich eben improvisiert.« Er sprang auf, um den zweiten Teil seines Vornamens zu tanzen, aber die Polizisten hatten genug gesehen. »Kommen Sie gut an!«, sagte der Fahrer, als säße ihm der kalte Grusel im Nacken, gab uns die ungeprüften Ausweise in die Hand und verschwand mitsamt seinem blass gewordenen Kollegen.

»Dafür darf ich fahren«, grinste Jan. »Und Ralle muss nach hinten.«

Murrend zwängte sich Ralle in den Spalt hinter den Vordersitzen des roten Cabrios, zündete sich ein Flüppchen an und brummte Unverständliches.

Ich nahm auf dem Beifahrersatz Platz, Jan klemmte sich hinters Steuer, zog seine auch innen vollverspiegelte Sonnenbrille aus der Brusttasche seiner Jacke, setzte sie auf, grinste breit, drehte den Zündschlüssel und ließ den Motor kommen. Er trat das Gaspedal durch und jubelte in den Lärm: »Das ist der wahre Klang der Anthroposophie! Eurythmie, fick dich ins Knie!« Ob er beim Kommando Leise Welt an der richtigen Adresse war?

Unterdessen schnurrte der Elektro-Van mit Klaus am Steuer Richtung Süden. Vincent döste, Nikolaus sog Landschaften ein, und Franz kümmerte sich um die Musik. »Wenn wir schon Van fahren, dann spielen wir ihn auch«, alberte er ausgelassen, und Sekunden später hörten sie Van Morrisons Stimme aus den Lautsprechern: »...well into this life we're born, baby, sometimes, sometimes I don't know why...«, bevor der Belfast Cowboy die Düsternis abschüttelte und zu einem optimistischen Ende fand: »...we'll be lovers once again on the bright side of the road...«

»Und das hier ist ganz speziell für dich, Klaus«, sagte Franz, schob »Trace« von Son Volt in den CD-Spieler, und Jay Farrar sang das erste Stück, »Windfall«: »...may the wind blow your troubles away, may the wind blow your troubles away, both feet on the floor, two hands on the wheel, may the wind blow your troubles away...«

»Großartig«, sagte Klaus bewegt. »Wer ist das?« – »Jay Farrar«, gab Franz zurück, »der hatte mit

Jeff Tweedy die Band ›Uncle Tupelo‹. Das war damals ein Tipp von Henning Harnisch.«

»Henning Harnisch kenne ich noch aus Köln. Basketballer und Buchhändler. Guter Mann«, ließ sich Nikolaus vernehmen. »Weil Harnisch wegen seines Zivildienstes nicht an einem großen Turnier der Nationalmannschaft teilnehmen konnte, hat *Bild* gegen ihn geschossen. Nach seinem Rücktritt Jahre später wollten sie dann ein Interview von ihm. Er gab ihnen aber keins, und so hat *Bild* das Gespräch, das er mit Matti Lieske, damals noch bei der *taz*, geführt hatte, geklaut und als ›exklusiv‹ ausgegeben. Daraufhin hat Henning Harnisch *Bild* erfolgreich verklagt.« Nikolaus gluckste zufrieden.

Wie aufs Stichwort fuhren sie an einer Plakatwand vorbei, auf der »Ich will Kai Diekmann werden.« zu lesen war. »Bah!«, sagte Franz und kam auf eins seiner Lieblingsthemen zu sprechen. »Wenn die Abgesägte für irgendetwas erfunden wurde, dann für diese Velveta-Schmierkäse-Visage. Und natürlich für jeden Typen, der unbedingt Diekmann sein will.«

Bei der nächsten Tankstelle fuhr Klaus rechts raus; es war wieder Zeit, der Sanifair-Mafia die Notdurftverrichtungsgebühr in den Münzschlitz zu stopfen. Während Klaus in die urinalen Katakomben enteilte, haderte Franz mit der Tontechnik. »Es ist doch ein Jammer, dass man Musik im Auto nicht auf Vinyl hören kann!«, grummelte er. »Man muss sich tatsächlich mit diesem minderen digitalen Murks begnügen.«

Doch als Klaus zurückkam, losfuhr und Franz Jay Farrars »Tear Stained Eye« ertönen ließ, war jeder Groll verflogen: »Walking down Main Street, getting to know the concrete, looking for a purpose from a neon sign. I would meet you anywhere the western sun meets the air, we'll hit the road, never looking behind. Can you deny, there's nothing greater, nothing more than the traveling hands of time...?«

Alle hörten bewegt zu, und selbst Vincent, Jazzer durch und durch, bedauerte, seine Basstrompete nicht am Mann zu haben. »Was wohl unsere drei Sorgenkinder auf dem Weg nach Berlin machen«, fragte er; zum Glück kannte er die Antwort nicht.

Jan hatte entdeckt, was Auto-Autisten »Freude am Fahren« nannten und rammte jedes SUV. »›Sports Utility Vehicle‹ heißt das Zeug, dabei ist es nichts als eine neoliberale, also komplett asoziale Kampfansage«, stieß Jan hervor. »Sie zeigen dir, dass sie alles überleben, du aber draufgehst.« Er lachte grimmig, rammte einen schwarzen Halbpanzerwagen von Audi, zeigte dem Vatti am Steuer seine Beißerchen und brüllte rüber: »Na wie isses, Manfred? Hosen schon schön voll?«

»Manfred? Welcher Manfred?« Ralle auf seinem Einquetschungsplätzchen hinten im Cabrio kam plötzlich heftig aus dem Sulky, ließ sich den Fahrtwind um den Rundkopf wehen, steckte sich eine Lulle an und wurde langsam so etwas ähnliches wie wach.

»Egal!« Jan überschrie den Motor des MG und rammte das hässliche, fette SUV abermals. »Na, Manfred, was is' jetz'?«, rief er nach rechts rüber, wo ein ängstlicher Mann am Steuer saß und ganz offensichtlich schon den Schaden am Auto im Kopf addierte. »Du Pissflitsche!«, rief Jan mit fröhlichem Ingrimm, »dich schicke ich ins Land Tschüssikowski!«. Der Mann griff zu einem Telefon, Jan rammte das dicke Trumm abermals, sah es gegen die Leitplanke klöddern und gab dann triumphierend Vollgas. »Ja-huuuh!«, entfuhr es ihm, und er bretterte weiter wie eine gesengte Sau.

»Schade um das schöne Cabrio«, kommentierte Ralle; ich nickte zustimmend. Aber obwohl ich Autofahrergebaren wie das Jans eigentlich nicht allzu sehr mochte, hatte ich mir aus übergeordneten Erwägungen angewöhnt, alles akzeptabel zu finden, was die Grünen, ihre Aktivisten, Parteigänger und Wähler verabscheuten. »Lieber Bleifuß auf der deutschen Autobahn als deutsche Soldaten in Afghanistan!«, rief ich Jan durch den Fahrtwind zu, und der ließ sich das nicht zweimal sagen, während er den Flitzer Richtung Berlin lenkte. Jan warf eine kleine Plastiktüte nach hinten zu Ralle. »Du könntest schon mal einen bauen, Mann. Ich laufe hier langsam auf Reserve!« Ralf seufzte und machte sich daran, eine Tüte zu rollen.

Ein paarhundert Kilometer südwestlich hörten Klaus, Franz, Vincent und Nikolaus im Autoradio, dass ihre drei Mitkombattanten zur Fahndung ausgeschrieben waren. Klaus, der sowieso mal wieder ein Prostatapäuschen brauchte, schlug vor, sich kurz zu beraten. »Ich glaube, wir müssen die raushauen«, sagte er ruhig. Franz tätschelte seine Abgesägte und lächelte fein. Vincent sagte, einen Tag könne er noch dranhängen, und Nikolaus fand, »das Porträt einer SEK-Truppe« könne in seinem Portefeuille nicht schaden, »vor allem im Vergleich Vorher-Nachher«.

So machten sie entschlossen kehrt und kamen noch einmal an der »Ich will Kai Diekmann werden«-Reklametafel vorbei; zum fettigen *Bild*-Strizzi hatten sich die *Tagesschau*-Torte Judith Rakers, der Fußballspieler Jérôme Boateng und der Koch Steffen Henssler gesellt. »Eins an die Kochlöffel! Happyness is a warm gun!« Franz zitierte einen Songtitel von John Lennon, der selbst ein Zitat war, aber diesmal passte er genau. Organisiert hatten die »Ich will...«-Simulationsnummer die Geldabfasser von Scholz & Friends und »Rock Your Life«. Franz überprüfte seinen Munitionsvorrat; in Berlin gab es offenbar alle Hände voll zu tun.

Jan kachelte wie der Savannenwind, und das war gut; gegen die demmsige Augusthitze half nur eine kräftige Fahrtbrise. Ralle wurstelte seine zwei recht pelzigen Hobbitmauken aus dem Fußraum und hielt sie an die Luft. »Bei der IRA haben wir früher immer gesagt: Das Schlimmste, das es gibt, sind nicht die Engländer, sondern heiße Füße. Vor allem nachts im Bett. Da wünscht man sich nur noch, man hätte Gefrierbrand an den Quanten.« Er brummte behaglich. »So richtig knusprigen Gefrierbrand. Krunschig wie Chips, nur kalt.« Jan und ich nickten beifällig. Ralle hatte eines der größten Menschheitsprobleme gültig benannt, und gut benannt war halb gebannt.

»Ich glaube, wir haben die Bullen am Sack«, sagte Jan und trat noch ein bisschen heftiger auf das Spritfresserpedal. »Wo soll's denn hingeh'n in Berlin?«, fragte er, als ob wir auf einer Spazierfahrt wären. »Lausitzer Platz«, rief ich ihm durch das knatternde Fahrtgeräusch zu. »Lasst uns bei Stéphane eine Erfrischung nehmen, bevor es an die Arbeit geht.« Eine Viertelstunde später saßen wir auf Stéphane Collards Gehwegterrasse. Jan kippte Bière Picon, Ralle erfrischte sich mit Cidre, und ich hatte mein Lieblingsgetränk vor mir, die Pampelmusenlimonade von La Mortuacienne.

Ein großer Müllwagen der BSR hielt vor der Terrasse, um den Inhalt der Werkstofftonnen aus den Nachbarhäusern zu verschlucken. Auf dem Wagen stand »Klatschpappen« und »Unsere Liebe. Unser Stolz. Unsere Fantonne.« Es war Werbung für den Berliner Zweitligafußballclub Eisern Union, sinnfälligerweise auf einer Müllkutsche angebracht. Stéphane las die Beschriftung und fragte mit seinem schönen, kräftigen französischen Akzent: »Was ist Fantonn'?« Am liebsten hätte ich ihn abgeküsst für dieses neue Wort: Fantonn', aber ich wusste, dass Stéphane im Fall des Spracherwerbs die Wahrheit, und wäre sie noch so schal und fade, der Phantasie vorzog. »Das heißt leider nur ›Fan-Tonne‹«, erläuterte ich bedauernd, Stéphane lachte. »Is' verrückt«, sagte er, und ich schlug vor, es aber auch mit dem »Fantonn' de l'Opéra« oder dem politischen Autor Frantz Fantonn' zu versuchen.

Ralle stellte fest, dass er nur noch drei Reserveschachteln Zichten auf Vorrat hatte und wurde etwas nervös. »Ich gehe mal zum Kiosk«, ächzte er, als er sich von der Bank erhob und den mürben Leib hochwuchtete. »Bringst du mir auch welche mit«, fragte Jan, der Gefallen am Bière Picon gefunden hatte, dem traditionellen Apéritif, den Stéphane auf seiner Terrasse ausschenkte.

»Wenn wir demnächst verschwinden«, sagte ich leise zu Stéphane, »werden hier höchstwahrscheinlich die Bullen aufkreuzen.« Stéphane ließ ein fröhliches Grinsen sehen. »Es wird mir ein Vergnügön sein, die deutschön Flics mit der französischön Lebensart ßu konfrontierön. Wir spreschön nischt mit där Polißei.«

»Das war mir klar«, sagte ich und drückte ihm den Arm. »Aber möglicherweise werden auch vier Freunde vorbeikommen und nach uns suchen. Es wäre doch blöd, wenn die...« Stéphane unterbrach mich. »Is' kein Problläm«, sagte er beruhigend. »Isch kenne Klaus. Er ist ein sehr umsischtigör Mann. Mach dir keine Sorgön.«

»Gut«, gab ich zurück. »Sag ihm, wir sind im Jüdischen. Er weiß dann Bescheid.«

Ralle kam zurück; außer einer Containerladung Zigaretten hatte er eine Ausgabe von *Bild* dabei. »Die Gülle musste ich euch einfach zeigen«, rief er lachend und warf das Altpapier auf den Tisch. »Mitten in Deutschland! Der Terror gegen die Bundeswehr«, las Ralle laut vor. »Ja wo denn sonst?«, fragte er. »Und wieso Terror? Das ist Sachbeschädigung, sonst gar nichts.«

Bild machte mal wieder Werbung für das staatlich organisierte Totmachen und drückte dabei stumpf auf die Tränendrüsen: »Sie halten in Afghanistan für unsere Sicherheit den Kopf hin, sind mit schwerem Gerät bei Flutkatastrophen oft die letzte Rettung! Ist Terror jetzt der Dank dafür, dass Bundeswehrsoldaten ihrem Land dienen?«, fragte *Bild*, zählte ein paar Fahrzeuge auf, die von Kriegsgegnern funktionsuntüchtig gemacht worden waren, behauptete »Die Antikriegsszene wird immer radikaler«, log ungerührt, diese mache »selbst vor Gewalt gegen Menschen nicht halt« und tischte als Kronzeugen einen CSU-Hinterwäldler auf: »Ich erwarte die volle Strenge des Rechtsstaates. Hier zerstören gewaltbereite Linksradikale gezielt und mutwillig Bundeswehreigentum und nehmen dabei Personenschäden billigend in Kauf.«

»Meinen die uns?« Jan grinste fies. »Ist man linksradikal, wenn man Mord auf Befehl ekelhaft findet?« – »So sieht's aus in der Welt von *Bild*, gab Ralle zurück und goss sich Cidre nach. »Aber das Beste ist der Kommentar von Hugo Müller-Vogg! Du lachst dir 'nen Ast!«

Hugo Müller-Vogg war 2001 als Mitherausgeber der *FAZ* gegangen worden; seitdem war der Offizier der Reserve seinem Namen noch ähnlicher geworden und verkörperte, was man im Springer Verlag einen freien Journalisten nannte. Wöchentlich schlief er sich zu *Bild* herunter; Ralle zitierte: »Krieg gegen unsere Soldaten (...) Brandanschläge auf Kasernen, Terror gegen Bundeswehr-Zulieferer: Der Hass linksextremistischer Zellen auf unsere Armee wächst. (...) Das traurige Ergebnis: Soldaten verschweigen aus Selbstschutz immer häufiger gegenüber Nachbarn ihren Beruf.«

»Schlimme Sache das«, spottete Ralle. »Anonyme Soldaten. Die sollen doch gleich eine schöne Selbsthilfegruppe gründen. Wie die Anonymen Alkoholiker!« Sein Lachen ging in einen Raucherhusten über, der sich hören lassen konnte.

»A propos Selbsthilfegruppe«, entgegnete ich Ralles Hohn ohne jede Ironie, »lasst uns hier mal fix die Biege machen. Die Schmiere ist im Anmarsch, und ich möchte Stéphane nicht unnötig Ärger machen.«

»Und was«, fragte Jan ziemlich angenattert und misstrauisch, »hätte das bitte mit einer Selbsthilfegruppe zu tun?« Ich ließ die Katze aus dem Sack. »Wir drei Hübschen«, sagte ich mit einer Geste, die Ralle, Jan und mich gleichermaßen einschloss, »werden uns jetzt ins Jüdische Krankenhaus verfügen. Station zwölf, Entgiftung und psychologische Betreuung.« Ich grinste in zwei leer werdende Gesichter. »Da würde uns mancher zwar gerne hinstecken, aber niemand wird vermuten, dass wir freiwillig dort hingehen. Das ist die perfekte Tarnung und das beste Versteck.«

Jan maulte augenblicklich. »Entgiftung? Krankenhaus? Psychologie? Wozu soll das gut sein? Abstinenz hat noch kein Problem gelöst, das kannst du mir glauben!«

Ralle hatte sich eine Kippe angesteckt, rauchte hastig, nickte entschieden und pflichtete Jan grollend bei. »Klapse ist Quatsch. Stell dir vor, die behalten uns da!« Er lächelte mich dämonisch freundlich an. »Na ja, uns nicht, aber dich.«

»Die Chance besteht immer«, gab ich so kühl wie möglich zurück. »Aber besser freiwillig da drin als zwangsweise im Knast.« Die beiden sahen mich an, als sei ich Pontius Pilatus, der sie ans Blaue Kreuz nageln lassen wollte. »Wir können uns jederzeit wieder selbst entlassen«, lenkte ich ein. »Hauptsache wir sehen, dass wir Land gewinnen.« Wie aufs Stichwort bogen drei Zivilkutschen auf den Lausitzer Platz ein, mussten aber wegen der Verkehrberuhigungshindernisse scharf abbremsen und schleppten sich lahm dahin.

»Wer hätte gedacht, dass die grüne Selbstverwirklichungsgrütze nochmal zu etwas gut ist«, frohlockte ich und machte mich zum Cabrio auf. Zu meinem Erstaunen kamen Jan und Ralle mir nach, Jan warf mir den Schlüssel zu. »Dann fahr mal schön selber, wenn du weißt, wie das geht, du Judas«, ätzte er, ich startete die Karre und ab ging's; Kavaliersstart konnte ich noch, und der

Rest würde sich finden. Nur mit Pontius Pilatus hatte ich falsch gelegen.

Ich fädelte das von Jan kompetent zerdullerte Cabrio in das Autistenchaos ein, das die Berliner Straßenverkehr nennen. An einer roten Ampel schaltete ich das Radio ein – und wurde gleich fündig. Paul Young sang »Now I Know What Made Otis Blue«, und bei grün sang ich schon mit: »You got a hold on me, Hey don't you know, We've gone too far for me to let you go, You throw my love away, And then you try, To see it burning in a stranger's eye«; bei »I remember the good times, I remember the things we used to do« schloss ich die Augen; prickelnd durchrieselte das Glück meinen Körper, ich stand in Flammen, und beim Refrain stieg ich voll ein: »Now I know what made Otis blue, Girl it must be love that we're going through, Now I know what made Otis blue, Every single night I keep wanting you...«

»Paul Young!« Ralle staunte. »Ich hätte bei dir ja eher auf Neil Young getippt.« Er lächelte tückisch. »Na ja, wir haben wohl alle unsere Gründe. Oder Abgründe.« Er grunzte versöhnlich. »Aber immerhin machst du beim Fahren die Augen wieder auf. Man freut sich ja schon über Kleinigkeiten.«

»Schhh...!« Ich würgte Ralle ab, bis die Nummer zuende war. »Klar ist Neil Young eine andere Liga«, gab ich zu. »Das ist doch gar keine Frage. Ich habe ihn dreimal live gesehen, einmal sogar mit Pearl Jam. ›I'm The Ocean‹ in der Waldbühne. Der Hammer!« Ich erinnerte mich an einen Sommerabend, der dem Wort Energie eine neue Dimension eröffnet hatte.

»Aber«, ergänzte ich euphorisiert, »›What Made Otis Blue‹« ist ein solcher Samenzieher, da verliere ich einfach den Verstand.« Ich croonte weiter, schloss wieder die Augen und hob die Hände wedelnd gen Himmel: »Don't make me sleep alone, Don't make me bleed, How can you waste your love in jealousy, If we're together baby, Your eyes still see, There is no other lover here with me...«

»Augen auf! Und die Hände ans Lenkrad!«, brüllte Ralle und latschte auf ein imaginäres Bremspedal. Ich riss die Klüsen auf und erwischte gerade noch rechtzeitig die Bremse. »Isses denn jetz' mal gut?«, fragte Jan von hinten und bohrte quengelig: »Und kannst du uns endlich verklickern, warum du uns in die Klapse schleppst? Und auch noch zum Entzug?«

Seine Stimme hatte eine gallige Farbe angenommen. Im Rückspiegel sah ich, wie Jan eine Flasche Picon ansetzte, der ihm auch ohne Bier zu schmecken schien. »Wenn ich da überhaupt reingehe«, stieß er trotzig hervor, »und ich betone: wenn, dann soll sich das auch lohnen.« Er nahm einen ordentlichen Hieb aus der Pulle und sah mich herausfordernd im Rückspiegel an.

Auch im Elektro-Van lief das Kulturradio; es ging um das Thema Ausbildungsplätze, also nicht um Ausbildungsplätze, sondern im Gegenteil um das Thema Ausbildungsplätze; so geht Feuilleton. Der deutsche Handwerkspräsident Otto Kentzler wurde zitiert: »Der Meister von morgen ist ein Türke.« Klaus lachte grimmig. »Vor knapp 70 Jahre hat Paul Celan die ›Todesfuge‹ geschrieben, ›Der Tod ist ein Meister aus Deutschland‹, und jetzt wollen sie es den Türken anhängen.« Als Franke sagte Klaus aber selbstverständlich nicht »den Türken«, sondern »den Dürgen«.

»Der Tod ist deutscher Meister und heißt Bayern München, und Uli Hoeneß ist ein Elefant im Paul-Celan-Laden«, ergänzte Franz, während im Radio jetzt die Affäre Suhrkamp breitgetrampelt wurde. Als »Experten« hatte sich die Radioredaktion einen Uwe Müller von der *Welt* eingehandelt, der sich rasch als zuverlässiger Stützstrumpf von Stammelei und öffentlicher Stumpfheit erwies. Sein »Äääh«- und »Äääähm«-Ausstoß lag bei 40 beats per minute, und was dazwischen kam, hatte sich das Prädikat Opa Bräsig verdient. Die Moderatorin Nana Brink gab sich redlich Mühe, ihrem Gast irgendetwas wenigstens Viertelsubstantielles abzuringen, doch war alles vergebens; die Zeile »sometimes all of our thoughts are misgiven« aus Led Zeppelins Klassiker »Stairway to Heaven« lag drückend in der Luft. Mit den Worten »Herr Müller, wir müssen aber so langsam zum Ende kommen«, schnitt Frau Brink dem »Äääähm«- und »Äääh«-Mann sauber ins Geschwiemel; der alte Zumpen war so perplex, dass er nur weiteräääähmääähte und kurz darauf mit einem bewundernswert freundlichen »Wir danken Ihnen für das Gespräch« aus dem Äääähmäther komplimentiert wurde.

»Es geht doch noch«, freute sich Nikolaus, »aber jede Wette, dass diese Springer-Doppelnull jetzt den Abteilungsleiter oder gleich den Intendanten anruft und ihm das Hemd nassflennt über Rotfunk und freche Frauen ohne Respekt.«

Sie hatten Berlin längst erreicht und fuhren parallel zur Hochbahn durch Kreuzberg. »Vielleicht erwischen wir sie noch bei Stéphane«, sagte Klaus bedächtig und näherte sich dem Lausitzer Platz von der Manteuffelstraße aus, um die grünen Eigeneierkraulerverkehrsberuhigungshubbel zu vermeiden. Doch auf Stéphanes Terrasse war Bambule: der hochgewachsene, breitschultrige Franzose war im heftigen verbalen Clinch mit ein paar Bullen, deren fadenscheinige Zivilistentarnung abgeblättert war. »Putain!«, hörten sie Stéphane rufen, Klaus bremste scharf und fuhr rechts ran, aber diesmal hatte das nichts mit seiner leprösen Prostata zu tun. »En avant, mes braves!«, rief er heroisch, stieß sich den Kopf und fluchte.

Stéphane Collard war ein Bild von einem Mann; der sympathische Hüne hätte in der Rolle des Old Shatterhand jeder Karl-May-Verfilmung zur Ehre gereicht, wusste aber nicht, wer Karl May war, und folglich war es ihm egal. Mit den deutschen Strafverfolgungsbehörden machte er nun, wie lange vor ihm der sächsische Heldenerfinder May, unfreiwillig nähere Bekanntschaft.

»Wo sind die drei aus dem Cabrio?«, brüllte der

deutsche Zivilpolizist auf Stéphane ein, der seinem Gegenüber freundlich vorschlug, sich doch zunächst miteinander bekannt zu machen und vielleicht ein kleines Glas Weißen miteinander zu trinken. Der Polizist zählte zu jenen Vertretern der menschlichen Spezies, die gute Umgangsformen als ein Indiz für Verlogenheit missverstehen und schrie sicherheitshalber weiter. »Machen Sie den Weg frei! Wir werden dieses Pack bei Ihnen finden und bei den Hörnern packen!«

»Isch bin keine Deutsche Spar- oder Raiffeisönkassö, die irgöndwelschö Wegö freimacht«, antwortete Stéphane, der Phrasen hasste, und das sogar in Sprachen, derer er nur bedingt mächtig war. Er lächelte den Polizisten an. »Sie brauchen nischt soviel Alarm ßu machön. Wir kommön doch gut ßurescht. Und über die 'örnör kommen Sie schon 'inweg.«

Der Polizist kochte wie Johann Lafer; es war die reine Simulation, aber er hielt sie für echt. Zwei breitschultrige Herren auf Fahrrädern näherten sich; es waren Mirko und Roland, zwei gut gewachsene Bootsbauer, die es liebten, ihren Feierabend auf Stéphanes Terasse einzuläuten. »Gibt es ein Problem, Stéphane?«, fragte Roland, noch während er vom Rad abflankte; in seiner Stimme schwang eine Familienpackung Entschlossenheit mit, das Problem, so es denn einst gäbe, tatkräftig und ohne Umschweife zu lösen.

»Nun geben Sie schon den Befehl zur Räumung!« Einer der Zivilpolizisten hielt das Warten nicht mehr aus und ningelte seinem Chef den Nacken zu. »Oh ja, bitte geben Sie den Befehl«, flötete Mirko retour: er war früher einmal Profifußballer gewesen und wollte nicht völlig einrosten. Sein Lächeln war freundlich und offen.

Stéphane baute dem Einsatzleiter eine goldene Brücke. »Isch weiß schon, das 'ier ist Deutschland, aber diese Terrasse« – er machte eine einladende Geste – »ist auch ein Stück Fronkreisch. Warum setzen Sie sisch nicht auf einen Kaffee oder ein Glas Wein, wenn Sie das im Dienst mögen, ich 'abe wunderbaren Käsö, auch Schinkön von der Ardèche, und Sie fragen mich allös, was Sie so gerne wissen möschten. Vielleicht weiß isch sogar etwas.« Roland und Mirko nahmen Stéphane in die Mitte und nickten zustimmend.

Das Objekt der polizeilichen Begierde, das zerbeulte rote Cabrio, näherte sich unterdessen seinem Ziel, dem Jüdischen Krankenhaus in der Heinz-Galinski-Straße. Jan war nicht begeistert. »Muss das denn wirklich sein? Es gibt so schöne Verstecke in Berlin. Herrliche Bars ...« Jan geriet ins Träumen. »Du hast einfach Schiss«, sagte ich hart. »Aber da kommst du jetzt nicht drumrum. Hör mal.« Ich zitierte aus dem Gedächtnis: »›Hasen tragen Tigerfelle, und Backenhörnchen geben sich als Bären aus. Wir machen uns alle was vor, aber selten legen wir jemanden rein.‹«

»Was ist das denn?«, fragte Jan. Ich grinste ihn an. »Neal Barrett jr., ›Pink Vodka Blues‹, eins der klügsten Bücher, die je über das Trinken geschrieben wurden. Und lustig ist es trotzdem auch noch.« Ich legte nach: »Der Mann beschreibt ›italienische Artiole-Schuhe, so geschmeidig und weich, als wären sie aus der Haut ungeborener Päpste.‹ Das ist doch großartig, oder?«

Bevor Jan etwas entgegnen konnte, packte ich noch einen drauf. »Oder was hältst du von einem Geschmack im Mund, der ›schlimmer ist als irakische Unterwäsche‹?« Darauf hatte Jan kein Wechselgeld, und ich wusste, dass die erste Schlacht gewonnen war.

Es gelang uns, einigermaßen manierlich auszusehen, als wir die Aufnahmestation betraten. Jan hatte sich das Resthaar gestrubbelt, Ralle zog den Bauch ein und ich versuchte, seriös aus der Katzenwäsche zu kucken. Ob es uns einer abnahm? Egal, wir wurden ohnehin aufgefordert, Platz zu nehmen. Was Patienten und Musiker eint ist warten lernen.

Wir hockten uns hin und starrten die Wände an. Die Innenarchitektur war in jedem Sinne des Wortes ernüchternd, aber der Raum war nicht sprachlos. All deine Träume und Hoffnungen, sagten die Wände, sind eitel und müßig, lass sie fahren, denn es gibt nur dieses hier: die Wahrheit des Elends.

Auf einem Tischchen lagen Zeitschriften, ich stand auf und warf einen Blick auf sie. Journalismus war ein echter Traumberuf, dessen Erzeugnisse zum gefeierten Standardequipment von Friseursalons und Wartezimmern zählten; ohne ihre

Coiffeur- und Ärzte-Kundschaft hätten Verleger und Redaktionen dichtmachen können.

Andere Patienten trudelten ein, auf ihren eigenen Beinen oder im Rollstuhl, bekamen am Schalter den Bescheid, sich bitte kurz gedulden zu wollen und nahmen Platz. Jan schaute sich um, addierte im Kopf und verfiel in das typische Warteraumflüstern, als er die Rechnung präsentierte: »Hier sitzen mindestens 300 Promille«, zischte er staunend. »Ja klar«, raunte Ralle mit dem Timbre eines älteren Elektrorasierapparates, »aber da bist du noch gar nicht mit eingerechnet.«

Warum flüstern Menschen in Wartezimmern? Ein Wartezimmer ist keine Kirche, ein Arzt ist kein Gott. Und doch gibt es in Arztpraxen und Krankenhäusern dieses plötzliche Senken der Stimme, das weniger mit Diskretion und Zurückhaltung zu tun hat als mit einer mutierten Form von Demut. Gibt es Genveränderung in Gottesfragen? Aber klar doch, die Wissenschaft macht alles möglich.

Selbst der religionsferne Jan hatte Ralle und mir seine Vermutungen über den Promillestand unserer Mitpatienten im Wisperton mitgeteilt, und ich hegte, ja hegelte große Zweifel, dass es sich dabei um den Ausdruck von Rücksichtnahme handeln könnte. Es stecken Muster in uns, die man unangenehm genau kennen müsste, um ihnen nicht folgen zu müssen wie ein Automat.

Ich schwieg und sah mir die frisch eingetroffenen Entgiftungstruppen an. Es gab Gesichtsfarben weiß wie Mozzarella, zum Ausgleich dafür war die Haut so rauh und grobkörnig wie Parmesan. Sattelfest wirkte keiner im Raum, und wenn der Anblick von Halb- bis Ganzwracks jeden Alters auch demoralisierende Wirkung hat, so erleichterte er mich andererseits doch; ich konnte mir nicht vorstellen, dass die Bullerei gerade an diesem Ort nach uns suchen würde.

Nach einer langen Stunde durften wir die Vorhalle der Finsternis verlassen und eintreten in den Olymp des Entzugs. Noch im Fahrstuhl versuchte es Jan mit Widerworten: »Wenn ich entziehen will, mache ich das ganz alleine. Dafür brauche ich doch keine Babypflege! Fehlen ja bloß noch die Windeln!«

Ralle nahm das Gemeutere unseres Frischlings altersgemäß sportlich. »Windeln brauchst du nicht, jetzt jedenfalls noch nicht.« Er sprach Jan mit einem Ernst an, den er, der Sonnyboy des Kalauers, sonst selten zeigte. »Aber du wirst dich umkucken. Und Betreuung brauchst du unbedingt. Alleine kalt entziehen kann dich umbringen, und außerdem tut es furchtbar weh. Nein, mein Lieber, geh' in den begleiteten Entzug, du trinkst bis zehn Minuten vorher, solange es geht, genau das hast du gerade gemacht, und quasi noch auf Krankenschein! Denn sie schärfen dir ja ein, unbedingt weiter zu trinken, bis der medizinische Entzug beginnt. Besser kannst du es doch nicht haben. Und dann geben sie dir Drogen, die dich den Turkey nicht spüren lassen.«

»Drogen?« Jans Stimme schien von innen zu

leuchten. »Haben die auch dieses gottvolle Zeug, das Michael Jackson so mochte?« Er leckte sich seine sehr roten, sehr trockenen Lippen. »Propofol muss einfach das Größte sein. Du bist weg, völlig weg, einfach so, zack und Ende der Fahnenstange.« Sein Lächeln weitete sich, als er schwärmte: »Das ist das wahre Neverland!«

Auf Stéphanes Terrasse hatte sich die Situation entspannt. Der Chefpolizist war von einem Anruf so absorbiert worden, dass er zwischen NSU und NSA nicht mehr zu unterscheiden wusste und seine Truppe zum Abmarsch beordert hatte.

Klaus, Franz, Nikolaus und Vincent setzten sich und wurden mit französischen Köstlichkeiten versorgt. Am Nebentisch nahmen zwei Männer um die 50 Platz, die ihren unerschütterlichen Glauben, dass halblange karierte Hosen in den Rang akzeptabler Kleidung aufgerückt seien, sehr hodenhaft spazieren trugen. Einer der beiden hatte seinen Schädel kahl rasiert, der andere sein dürres Resthaar nach oben gezogen und zu einer Art Mini-Zwiebel aufgebunden.

»Ich bin ein armes Zwiebelchen / nimm mir das nicht übelchen«, zitierte Nikolaus den von ihm geschätzten Dichter Ringelnatz, aber die Zwiebel vernahm nichts außer sich selbst. »Ist das geil! Ist das geil!«, brüllte der Mann, trank mit demonstrativen, ausladenden Gesten Crémant und schaute traulich ins Runde, ob ihm auch jeder Anwesende pflichtschuldig zuhörte.

Klaus, Franz, Nikolaus und Vincent hörten weg, aber das nutzte nichts. Zwiebel war nach Ärger zumute, und folglich machte er auf dufte. »Na«, quatschte er die vier Freunde des Leisen überaus vernehmlich an, »was macht ihr denn hier? Euch schön vollfressen?« Er sah auf Vincents prächtigen, ansehnlichen Ranzen und feixte fies: »Na du fette Sau, was frisst du denn so?« Er grinste schäbig. »Weißt du, ich war ja mal Koch«, behauptete er, »und das Aufschlitzen von lebenden Lebewesen fand ich immer am geilsten. So fette Säue wie dich schlitze ich zwanzig Mal am Tag auf. Und Kampfsport habe ich auch gemacht. Ich kann noch alle Tötungsgriffe.« In seinem Blick mischten sich Beschissenheit, Herausforderung und Feigheit; der Soziopath dampfte ihm aus allen Knopflöchern.

Vincent blieb erfreulich sachlich. »Sie waren niemals Koch. Und«, sagte er kategorisch, »ich esse niemals Brot. Niemals. Und deshalb bin ich auch nicht dick.« Er steckte sich reichlich Schinken, Käse und Wurst in den Kopf, selbstverständlich ohne Brot. Dann griff er sehr bedächtig zu seinem Bogen und legte einen vierfedrigen Pfeil auf die Sehne. »Und nun ist mal Schluss mit den schlechten Berliner Manieren«, sagte er leise und schloss die Augen. Der gefiederte Pfeil zitterte mitten im Holz des Stuhls, auf dem Zwiebel saß. Fünf Zentimeter weiter, und Vincent hätte ihm den mickrigen Dömmel festgenagelt.

Der Bogenschütze schaute Zwiebel nachdenklich an. »Sie haben Glück, dass Sie auf zivilisierte Menschen treffen«, sagte er, und aus seiner Stimme war nur Klarheit zu hören, kein Bedauern. »Aber nun machen Sie sich bitte davon. Dass ich Ihre Beleidigungsversuche nicht angemessen sühne, heißt nicht, dass ich sie duldete oder ertrüge.«

Zwiebel stand schwerfällig auf; sein glatziger Begleiter tat es ihm nach. »Moment«, sagte Vincent, »erst werden Sie Ihre Rechnung bezahlen. Und ein sehr großzügiges Trinkgeld geben, falls Ihr Gastgeber so gnädig sein sollte, es zu akzeptieren.« Er lächelte Stéphane an und wandte sich dann ohne jede Freundlichkeit abermals der Zwiebel zu. »Ansonsten zähle ich nochmal bis Zen.«

Dieser Kalauer wäre etwas für Ralle gewesen, doch der hatte gerade ganz andere Probleme.

Ralle saß auf der Kante seines Krankenbetts und rang mit seinem Nervenkostüm. Zimmernachbar eins hatte ihn akustisch zersägt; als er das Schnarchen endlich eingestellt und Ralle seinen Schlaf hatte finden lassen, war Zimmernachbar zwei in die Bresche gesprungen, hatte das Neonlicht eingeschaltet und gebrüllt: »Ick hab die Hosen voll!«; eine Behauptung, die einerseits völlig uninteressant war, andererseits aber leider stimmte, was auch die Nachtschwester feststellen musste, die den undichten Herrn morgens um drei Richtung Keramik bugsierte. Es roch nicht gut im Zimmer. Ralle versuchte, ein Fenster zu öffnen, aber auf der Entgiftungsstation sind die Auswege zugeschraubt; man könnte ja aus Notdurst springen wollen. »Ick hab die Hosen voll«, gab der Mann auf dem Flur abermals und gleichsam stolz zur allgemeinen Kenntnis; Ralle, selbst gebürtiger Berliner, wurde an seiner eigenen Mundart krank und dachte nur noch: Dialekt, Regiolekt, ach leckt mich doch! Mit dreieinhalb Promille hatte man seinen Zimmergenossen eingeliefert; »Letztes Mal war ick bei Fümpfkommavier«, hatte der noch geprahlt, bevor er sich abgerollt hatte.

Keine Bullen an den Hacken zu haben war naturgemäß angenehm; wer hätte das besser gewusst als ein alter IRA-Sympie wie Ralle? Aber ob die Idee, sich in einer Trinkerheilanstalt zu verstecken, ideal war? Ralle kamen so seine Zweifel, und gegen ein Guinness und ein paar Fluppen hätte er überhaupt nichts einzuwenden gehabt.

Ralle hatte Schmacht. Er drehte die Zigarette zwischen Daumen und Zeigefinger seiner rechten Hand, roch am Docht und kriegte mehr Jieper. Irgendwo auf dieser Welt musste das Rauchen doch noch erlaubt sein! Schier verzweifelnd strummselte Ralle durch die Gänge, bis er eine Gruppe von Mitpatienten hinter einer Tür verschwinden sah. Auch am Geruch erschnoberte der alte Suchtfitti, dass er hier auf der richtigen Landebahn eingetrudelt war: Zigis! Fluppen!! Nikotin!!! Ruft! Mich!! An!!! Ralle folgte der olfaktorischen Spur der lebenserhaltenden Droge und betrat einen Raum der Qualen. Der Verschlag war nur etwa vier Quadratmeter klein, doch hatten sich bereits 16 Menschen in ihm niedergelassen, um zu rauchen. Ralle war Nummer 17. Die Wände dünsteten ein sattes Kippenbraun aus, es stank zum Gottserbarmen. Ralle zündete sich eine Zichte an und atmete richtig tief durch.

In den Gesichtern seiner Mitpatienten war keine frohe Botschaft zu lesen. Auch Jan war bloß ein graugerauchter Schatten seiner selbst; als Ralle ihn leise fragte, wie er die Nacht verbracht habe, schüttelte Jan nur den Kopf. Sein Gesicht sah aus wie frisch erbrochen, aber es schien immerhin noch eine gute Portion Notwehr in ihm zu stecken.

Ralle sah sich um; die kalten Finger der Depression grapschten nach ihm. Alles hier war reines Überleben, und das kostete jedwede vorhandene Kraft. Es war nicht die Welt, in der Ralle leben wollte, und nach der zweiten Zigarette, die seine zappelnden Nervenstränge fürs Erste beruhigte, machte er sich auf den Weg durch die Station. Wo war er bloß gelandet?

Der Anblick einer Frau im weißen Arztkittel brachte ihn auf andere Gedanken. Wow!, war die schön! Ihre nussbraunen Augen glänzten, ihr Gang war elegant, ihr langes Haar schimmerte in dunklem Gold, und was er von ihrer Figur erahnen konnte, war Weiblichkeit in wohlwollendster Proportion.

Ralles Seele liebäugelte mit dem Gedanken an eine Ohnmacht, doch zum Glück war er auch ein Mann und nahm sich ein Herz. »Entschuldigen Sie bitte«, sagte er, »bin ich hier eigentlich richtig in der Abteilung für hoffnungslos Verliebte? Für

Somnambule? Für alle, die des Lebens so wach wie müde sind?« Die Ärztin strahlte ihn an, ihr Mund hatte die Sinnlichkeit eines Delphinlächelns, und Ralle schmolz einfach weg. »Sie ... sind die ... Frau, für die ... ein Bischof das ... Kirchenfenster eintreten ... würde«, sagte er stockend. Die Ärztin antwortete mit Ernst und Freundlichkeit. »Ach, Sie lesen auch Raymond Chandler? Das ist wirklich ein toller Autor! Aber kommen Sie«, sagte sie mit einer bestimmenden Geste in den Flur hinein, »jetzt reden wir erstmal über Sie.«

Jan lief über den Klinikflur, der scharf nach Desinfektionsmittel roch. Das war nach dem dicken Dunst des Raucherkabuffs immerhin eine Abwechslung, wenn auch keine angenehme.

Dieser Raucherraum war sagenhaft! Jan rauchte, weil er rauchen musste, und er wusste das auch; er liebte allerdings auch das Gefühl, wenn der eingesogene Qualm seine Gehirnzellen anstupste. Aber doch nicht auf diese Weise: anderthalb Dutzend Leute zusammengepfercht in einen Stall (oder hieß es »zusammengepfercht in einem Stall«?, überlegte der alte Grammatiker kurz), gegen den Tierschützer gerichtliche Einsprüche geltend machen würden? So machte die Sache jedenfalls keinen Spaß; man hockte unfreiwillig auf einem Klumpen Menschenmatsch und qualmte genusslos, hastig und ohne Freude. Der Anblick der Kombattanten – oder wie sonst man sie nennen sollte – war auch nicht gerade der Burner. Ihre großporig gerauchte Haut, grau-gelb und ohne Glanz, stumpf und schabbelig, war eine harte Dosis an Konfrontation mit dem eigenen Schrott und Korn. Jan hielt sich für nichts Besseres als andere, aber diese Süchtel zu betrachten war mühsam; es war ein Blick in einen Spiegel, in den man niemals hineinsehen wollte, jedenfalls nicht nüchtern.

Auch die Aussicht auf sein Zimmer war nicht geeignet, seine Stimmung aufzuhellen. Jan wusste, dass Wursthaar ihn erwarten würde, ein monströs ungeschlachter Kiffer von erst 22 Jahren, der aber schon doppelt so alt aussah und sich seinem eigenem Geprahle zufolge vier Jahre lang nur von Cannabis und Süßigkeiten ernährt hatte. Außerdem hatte er sich die Haare zu Dreadlocks machen lassen, deren unappetitlicher Anblick ihm bei Jan sofort den Namen Wursthaar eingetragen hatte.

Wursthaar gehörte zu den schrecklich vielen Menschen, die ihre Angewohnheit, ständig zu reden, mit Intelligenz verwechseln. Wursthaar hatte beschlossen, statt seiner selbst die Welt und die Menschheit zu retten, und Jan fürchtete sich vor den entsprechenden Monologen.

»Wie würdet ihr es finden, wenn wir hier mal verschwänden?«, fragte Franz in die kleine Runde auf Stéphanes Terrasse. Seine Abgesägte wieder einmal nicht abgefeuert zu haben, dauerte den Mann sichtlich. Stéphane hatte dem grässlichen aggressiven Zwiebelkopfgast und seiner glatzigen Begleitung einen knusprigen Hunni abgeknöpft, die beiden Luftpumpenlumpen mit einem saftigen Tritt in ihre Allerwertesten davongejagt und sich eine Zigarette angezündet. »Mannomann«, stöhnte er genüsslich, »manschmal ist Berlin escht ein Probläm.«

»Genau«, sagte Klaus und fragte Stéphane dezent nach der Toilette, um seiner längst entleerten Blase ein paar weitere Tröpflein abzupressen. Mit feiner Eleganz schritt er die Stufen hinab und durchmaß würdevoll die Pforte zur Erleichterung.

Auch Nikolaus wollte gern aus Berlin verduften. »Das ist nicht mehr meine Stadt«, sagte der gewiefte Autodidakt. »Es ist wie beim Malen; die Berliner nehmen einen dicken Quast, wenn sie filigran sein sollten und ein dürres Marderhaarpinselchen, wenn es darauf ankäme, deutlich aufzutragen.« Nikolaus schüttelte den Kopf. »Eine Stadt, die sogar Wolfgang Niedecken mit Recht doof finden darf, muss man nicht auch noch bewohnen, oder?«

Vincent, in sich ruhend, fragte: »Wer ist Wolfgang Niedecken?« Weil niemand eine Antwort wusste, sprach er weiter. »Dieses Berlin ist einfach völlig verpeilt. Hier hängen sie Wahlplakate für den Pazifisten Ströbele auf, aber keiner ist friedlich.« Er nahm einen Schluck Pampelmusenlimonade. »Da bin ich schon lieber in Stuttgart; wir schicken verlogene Militärrechtfertigungschwätzer wie Cem Özdemir wenigstens nach Berlin, und genau da gehört diese grüne FDP-Figur ja auch hin.«

»Mir ist es egal, wenn einer ein Spießer ist«, ergänzte Franz ungewohnt bedächtig, »wenn er nur nicht so tut, als sei er ein Rock'n'Roller.« Er winkte ab. »Lasst uns hier abdüsen, Berlin ist durch.«

»Und unsere drei Verrückten lassen wir in der Klinik?«, fragte Nikolaus. – »Da sind sie noch am besten aufgehoben«, sagte Vincent und schob einen gewaltigen Happen Schinken ein.

Klaus kam die Treppenstufen hinaufgestiegen, sein weißer Anzug saß tadellos. »Was haltet ihr davon, wenn wir nach Süden brettern?«, fragte er in die Runde. »Also erst nach Köln« – Klaus sah Nikolaus an und schürzte spitzbübisch die Lippen –, »und da läge ja Dortmund quasi auf dem Weg...« Vincent, Nikolaus und Franz hätten den Liebhaber des Fußballvereins BVB Borussia Dortmund am liebsten schwarz-gelb angelächelt, aber dafür war ihre Dentalhygiene zu sorgfältig.

»Pissflitsche! Pissflitsche! Pissflitsche!«, spie Jan in den nikotinverseuchten Boden. »Alles Pissflitschen hier!« – »Was sind denn bitte Pissflitschen?«, fragte Ralle und wunderte sich.

»Sowas wie Sackgesichter«, erwiderte Jan. »Das ist Kindergartengerede, aber für Juristen seltsamerweise hochinteressant.«

»Juristen sind doch ein ganz anderes Thema.« Ralle lenkte ein, um Jan zu beruhigen. »Wieso regst du dich über furchtbare Juristen auf? Wir sind hier in einem Krankenhaus, und die Ärztin ist klasse.« Ralle strahlte über beide Backen, und von Backen hatte er nicht zu wenig.

»Du warst ja auch nicht bei den Ergos«, gab Jan angesäuert zurück. »Du musst dir das vorstellen: Frauen, die so entsetzlich aussehen, als hätten sie in den siebziger Jahren die Grünen gegründet, kommen auf ihren Gesundheitsschlappen angegurkt und sprechen dich an, als wärst du ein debiler Dreijähriger: ›Sie dürfen hier gern kreativ sein. Wir haben sehr schöne Katzenbilder, die können Sie dann farbig ausmalen.‹«

Jan hatte richtig Brast. »Das kann man doch mit erwachsenen Menschen nicht machen. Ergo-Therapie heißt das! Als ich keine Katzenbilder ausmalen wollte, wurde ich angekuckt wie ein Verbrecher. Und dann bot mit diese Tante an, ich könne ja ›mit Speckstein arbeiten‹!« Er warf seinen schütteren Kopf in seine nikotingelben Hände. »Das ist doch Betrug an der Patientenverordnung, oder? Wer ist denn hier krank? Die oder ich? Oder alle? Und soll ich diese Frau in Urinstein modellieren?«

»Alles gute Fragen«, sagte Ralf. »Aber betrogen wirst du drinnen wie draußen.« Er lächelte selig. »Hauptsache, die Betreuerin ist klug und schön.«

»Im Ernst?«, fragte Jan verzweifelt zurück. »Um mehr geht es nicht? Keine Revolution? Kein Marx? Kein Lenin? Keine Hoffnung?«

»Ich fürchte, nein«, sagte Ralf, »aber das ist ja nicht das Schlechteste, oder?«

»Heja BeVauBe, Heja BeVauBe«, sang Klaus leise und startete den Elektro-Van. Er freute sich seinen schmalen Arsch ab, endlich nach Dortmund zu kommen. Raus aus Berlin war sowieso immer die halbe Miete zum Glück, und dann auch noch zum BVB! Da konnte man glatt Phrasen wie »Herrlich!« oder »Wundervoll!« verwenden.

Klaus sang leise; erstens, weil er wusste, dass er nicht singen konnte, und zweitens, aber entscheidend, weil ihm klar war, dass auf Gebrüll noch nie ein Segen gelegen hatte, weder im Auto, zuhause, im Stadion oder sonstwo. Brüllen war Müllen, und deshalb gab es ja auch das Kommando Leise Welt.

Franz, Vincent und Nikolaus verstanden die freundliche Vertieftheit seines simplen Fangesangs und meckerten nicht groß daran herum. »Fussball«, sagte Vince gutmütig und zur Überraschung seiner Freunde, »macht manchmal sogar Spaß. Wenn ich da mit meinem Sohn hinlaufe und dieses Fangewurstel sehe, ist das ja eigentlich nichts richtig Böses. Jedenfalls auch nicht blöder als Kirmes.«

»Allerdings«, sagte er mit dem ihm wesenseigenen und oft übersehenen Ernst, »gibt es unduldbares Gelumpe.« Er zog einen Pfeil aus dem Köcher, lächelte entschieden und verkündete: »Hundt und Blatter! Beide mit einem Pfeil! Wir können ja wetten! Darum geht es doch, um ein Riesen-Wett-Geschäft. Kuckt euch mal in Zürich die FIFA-Bude an. Oder so einen Typen wie den Hundt vom VFB Stuttgart. Da läuft es dir kalt den Rücken runter vor Herrenmenschelei. Der ist einfach...«

Nicht einmal dem Rowohlt-Autor Vincent fiel ein Wort ein, das für Dieter Hundt treffend gewesen wäre. Aber Franz, Nikolaus und Klaus waren ja nicht auf den Mund gefallen und würden ihrem Freund sicher unter die Arme greifen.

Auf der Suche nach Ralle und Jan wurde ich im Raucherkabuff fündig. Ich steckte den Kopf durch die Tür; die zwei dömkerten sich ordentlich ein und redeten sich die Qualmköpfe heiß. Hustend bat ich die Fluppenschachtelteufel zu mir und zog meine Rübe aus der sauerstofffreien Zone zurück.

»Ich würde mich ja zu euch setzen«, sagte ich entschuldigend, »aber meine Atemwege können die Luft da drin nicht mehr verarbeiten.«

»Ja, wir schwächeln alle ein bisschen«, gab Ralle großzügig zurück und winkte ab. »Was liegt denn an?«

»Heute Abend bin ich zur Männergruppe eingeteilt. Das Ganze ist eine Pflichtveranstaltung. Neunzig geschlagene Minuten, und geschlagen kannst du wörtlich nehmen!« Die Angst war nicht gespielt; hier sprach ein Mann mit Erfahrung. »Ich glaube, alleine stehe ich das nicht nochmal durch. Und da dachte ich...« Jan unterbrach mich. »Und da dachtest du, wir könnten mitgehen und Händchen halten?«

Ich gab meinem Gesicht den Ausdruck von Hoffnung und Dankbarkeit. »Genau! Zu dritt wird es vielleicht sogar lustig!«, feuerte ich nach. »Wir könnten denen zum Beispiel ein Männergruppenlied vorsingen. ›Weinen, bis Blut kommt‹. Und dann mal kucken, was passiert.«

»Was soll da schon passieren?« Ralle war noch

nicht überzeugt. »Nur Männer und Monologe. Schauderhaft.« Es war nicht von der Hand zu weisen: Diese Aussicht hatte tatsächlich etwas höchst Bedrückendes, und genau deshalb bedurfte ich ja des freundschaftlichen Beistands.

Ein rettender Gedanke durchfuhr mich. Ich legte ein Gelübde ab. »Jungs, ich verspreche es euch hoch und heilig: Wenn ihr mich heute nicht hängen lasst und wir hier jemals wieder rauskommen, schenke ich jedem von euch eine Stange Peter-Hacks-Gedächtnis-Flüppchen!«

»Du schenkst uns *was*?« Jan stand auf der Leitung. »Peter-Hacks-Gedächtnis-Zigaretten!«, rief ich. »Richtige Kippen, mit echten Werten, nicht diesen Light-Gammel! Rauchen, um zu rauchen! Den Mund voll Tabak, der Geist scharf und rege!«

»Klingt prima«, sagte Jan, »aber wieso Peter Hacks? Wieso nicht Peter Stuyvesant?«

»Weil Hacks ein großer deutscher Dichter war, und weil keiner so elegant rauchen konnte wie er! Rauchen und dichten war bei ihm eins. Wenn es einen vollendeten Schutzheiligen für die Hohe Kunst des öffentlichen Ärgernisses gäbe, müsste es Hacks sein.« Ich zitierte »Tagtraum« von Peter Hacks. »Ich möchte gern ein Holperstein / In einer Pflasterstraße sein. // Ich stell mir vor, ich läge dort / Jahrhunderte am selben Ort, / und einer von den Kunsteunuchen / Aus Medien und Kritik / Käm beispielsweise Hacks besuchen / Und bräch sich das Genick.«

Auf dem Weg zum Männergruppentreffen waren da und dort vergilbte Plakate zu sehen, die vor dem Teufel Alkohol warnten und Jans ausgeprägte Lust an elementar logischen Deduktionen anspornten. »Es könnte ergo nicht schaden«, schlussfolgerte er messerscharf, »unsere neuen Bekannten mit ein paar frischen Anti-Alkohol-Parolen zu erfreuen.« Nach einer Pause und einem milde spöttischen Blick auf die Schriften an der Wand fügte er hinzu: »Jedenfalls könnten sie nichts verderben.«

Also gut! Es galt, stante pede, adhoc und quasi in Nullkommanichts, eine Gemeinschafts- und Gelegenheitsdichtung aus den Ärmeln zu stampfen und aus dem Boden zu ziehen. Ralle legte sonor und lässig vor: »Ich hätte einen Titel: ›Die oft übersehenen und unterschätzten Folgen des Alkoholkonsums‹.« Er stellte sich in Pose und sprach gewichtig: »Der Verzehr von Schnaps und Vermouth / füllt die Wohnung rasch mit Leergut / Müll jedoch ist selten sehr gut / So verfällt der Mensch in Schwermut.«

Ich griff den Faden auf. »Wer mag schon Flaschen in der Wohnung / und Depressionen zur Belohnung?«, fragte ich wuschig und sprach mahnend: »Wenn du trinkst, um dich zu wärmen: / Denk' daran, dass Flaschen lärmen! / Leere Flaschen klappern, klappern, / die sie leerten, plappern, plappern«, woraufhin Jan und Ralle unisono schmetterten: »Und so wissen wir seit langem: / Flaschem sind wie Klapperschlangem!«

Wenn das nicht half, einer Männergruppe Leben einzuhauchen, dann wusste ich es auch nicht.

»So richtig schallgedämpft war das jetzt aber nicht«, sagte Nikolaus, als sie das Westfalenstadion verließen.

»Geht ja auch schlecht bei 80.000 Leuten«, gab Klaus so einleuchtend wie generös zurück. »Und außerdem ist das hier für mich kein Lärm.«

Klaus war glücklich. Borussia Dortmund hatte gewonnen und vor allem so schönen Fußball gezeigt, dass auch die Nicht-BVBisten Franz, Nikolaus und Vincent beeindruckt waren. Und alle hatten die Abwesenheit jener Drangsal genossen, die »Fußballkommentator« oder »Fußballexperte« genannt wird.

Nun spazierte das Quartett Richtung Kreuzviertel; auf dem Weg wurden sie auch der offenbar unvermeidlichen Rabattenstruller ansichtig, die, den Pillemann in der Hand, die Gnade der Entleerung im Freien und in der Öffentlichkeit suchten.

»Wie kann man Ringelnatz nur so missverstehen!« Nikolaus schüttelte den Kopf und erklärte freundlich seinen kryptisch anmutenden Kommentar. »›Glücklich, wer den freien Drang noch spürt, das Getrunk'ne über Bord zu pissen!‹, heißt es bei Ringelnatz. Aber hier ist weit und breit kein Boot in Sicht.«

Dem war nicht zu widersprechen und auch nichts Substantielles hinzuzufügen, und so setzten sie ihren Weg fort, um im Fußballlokal »B-Trieb« die Dortmunder Freunde zu treffen und bei Pils und Frikadellen das Spiel noch einmal tüchtig durchzusprechen.

Fritz, Friedrich und Jupp waren schon da und standen etwas abseits einer größeren Menschentraube, die sich vor der Kneipe gebildet hatte und aus der allerlei Expertisen zu vernehmen waren. »Hömma, in der zweiten Minute dachtich, der Reuss machten rein. Aber der machten nich rein!«

»Ach, schattonix, war doch prima.«

Und prima war es tatsächlich; auf die Freude an der Kunst des kollektiven Ballspiels folgte nun das angenehme Gefühl der Aufgehobenheit in erwünschter und guter Gesellschaft. Es gab viel zu erzählen, zu ratschen und herumzualbern; Erinnerungen wurden geweckt und neue Pläne ausgeheckt. Vom »Kommando Leise Welt« hatten die drei Dortmunder selbstverständlich längst gehört und waren begierig, mehr darüber zu erfahren.

»Ach ja, die leise Welt und der BVB«, seufzte Klaus versonnen, »so richtig passt das wohl nicht zusammen. Ein Fußballstadion ist nun mal kein Ort der Ruhe und der inneren Einkehr.«

»Obwohl es totenstill werden kann«, wandte Fritz ein. »Beim 1:3 gegen Unterhaching war es hier leiser als in der Kreisliga.« Er erinnerte sich mit Schaudern an dieses traurige Spiel im April 2000 und an die ganze verkorkste Saison.

»Dagegen ist es doch heute sehr kommod.« Klaus ließ sich die gute Laune nicht verdunkeln. »Es hat sich soviel verbessert. Erinnert ihr euch«, fragte er in die Runde, »dass früher Karel Gott vor einem Spiel auftrat?« Fritz, Friedrich und Jupp nickten düster, während Franz, Nikolaus und

Vincent diesbezüglich weder über reale, implantierte oder therapierte Erinnerungen verfügten; die drei waren veritable Glückspilze.

»Und Karel Gott ging ja noch.« Jupp lachte wie ein fröhlicher Brauereigaul, der gerade dem Abdecker davongaloppiert war. »Aber Jürgen Drews tauchte hier auch auf und trug seinen frisch gelifteten Hintern als Gesicht.«

»Stimmes!« Der Fluch eines guten Gedächtnisses hatte auch Friedrich ereilt. »Sogar DJ Ötzi durfte uns quälen, und als Fan soll man ja nicht undankbar sein und die Geißel Vorprogramm beklatschen, als wäre jeder, der Fußball liebt, automatisch dumm und geschmacklos. Klar, Matthias Sammer steht privat auf Geld und deutsche Volksmusik, und zwar in dieser Reihenfolge, aber dafür ist er ja jetzt auch beim richtigen Verein gelandet.«

»Unser kleines Kommando Leise Welt hätte jedenfalls gut zu tun gehabt«, fasste Klaus zusammen, »und auch bei der öffentlichen Soldatenverschickung nach Afghanistan wären wir hier im Stadion höchst nützlich gewesen. Ein Heimatschuss schon vor dem Abflug...« Er seufzte träumerisch.

Unser Besuch in der Männergruppe war ein echter Schlag ins Wasser. Der Versuch, die mürbe, ja erloschene Stimmung im Raum lyrisch hochzuziehen, wurde ungnädig aufgenommen. Komische Bemerkungen über Alkohol, beschied man uns, seien verharmlosend, kontraproduktiv und gefährlich. Als ich einwandte, der nun längst kanonisierte Robert Gernhardt habe mit seinem Gedicht »Folgen der Trunksucht« Bahnbrechendes auf dem Gebiet der Suchtprävention geleistet und aus dem Gedächtnis zitierte – »Seht ihn an, den Schreiner: / Trinkt er, wird er kleiner. / Schaut, wie flink und frettchenhaft / er an seinem Brettchen schafft.« –, lachte niemand, und die beiden Gruppenleiter schauten doppelt streng aus der trockenen Wäsche.

Die Männergruppe hätte in diesem Fall auch Mannegruppe heißen können, denn beide Vorsitzende hießen mit Vornamen Manne und sprachen einander auch permanent so an. Als der eine seinen fußschlappenzähen Vortrag über eine Reise an die Ostsee beendet hatte, bekam er von seinem Kollegen ein überschwengliches »Danke, Manne!« entboten, woraufhin er »Sehr gern, Manne« und »Du übernimmst dann wohl, Manne« zur Antwort gab, was der andere wiederum mit »Na klar, Manne« quittierte. Jan, Ralle und ich fühlten uns wie in einem »Tim und Struppi«-Comic, in einem Sonderalbum nur mit den beiden Chargen Schulze und Schultze.

90 Minuten lang hielten Manne und Manne etwa 60 Männer im Raum fest, die vor ihren vor Ödnis triefenden Geschichten nur deshalb nicht Reißaus nahmen, weil es sich um eine therapeutische Pflichtangelegenheit handelte. »Die sind ja fast so furchtbar wie die NA-ler«, stöhnte Jan. »NA-ler?«, fragte Ralle. »Was ist das wieder? NVA?«

»Narcotics Anonymous«, antwortete ich leise,

um meine Erinnerung an einen Abend der exquisiten Scheußlichkeiten möglichst klein zu halten.

»Also was ist das jetzt mit diesen anonymen Narkotikern?«, begehrte Ralle zu wissen. »Von anonymen Alkoholikern hat man ja schon einmal gehört, aber Narkotiker? Und wieso anonym?«

»Nun gut«, seufzte ich. »Machen wir dieses Fass eben auch noch auf.« Ich holte kurz Luft. »Mir waren die ja selber vollkommen unbekannt«, begann ich meinen kleinen Exkurs, »aber die Pflegerin, du weißt schon, die schrappige« – Ralle nickte verstehend – »hat Jan und mich da hingejagt. Da gab's kein Vertun, wir mussten.« Jan knurrte etwas zwar Unverständliches, aber unmissverständlich Zustimmendes.

»Wir also runter in diesen Mehrzweckraum, an die hundert Leute waren schon drin zum Treffen der Narcotics Anonymous. Es war aber kein Treffen, sondern ein ›Meeting‹, das war ihnen offenbar wichtig, denn eine ihrer Hauptparolen, die auf Zetteln herumgereicht wurde, lautet: ›Wenn es dir schlecht geht, geh' ins Meeting. Wenn es dir gut geht, renn' ins Meeting.‹«

Ralle kuckte verständnislos. »Was wahrscheinlich heißen soll«, fuhr ich fort, »dass die größte Gefahr für den Süchtel nicht in der Depression liegt, sondern im Überschwang, so in der Preisklasse ›Wenn es dem Esel zu wohl wird, geht er aufs Eis.‹ Ich weiß es doch auch nicht. Jedenfalls wurde gleich zu Beginn gefragt, wer denn zum ersten Mal bei einen Meeting der NA sei, drei Leute hoben eine Hand, und Jan und ich machten das dann auch und gaben uns als Frischlinge zu erkennen, obwohl uns schon schwante, dass wir das besser sein gelassen hätten.«

Wieder gab Jan ein affirmatives Geräusch von sich. »Wir hatten gerade mal die Pfoten oben, da ging der schon der Alarm los. Die klatschten alle. Ich fühlte mich, als wäre mir ein Applaus über die Leber gelaufen. Als ich Jan ansah, wusste ich: Der ist auch bedient.«

»Allerdings«, sagte Jan und überließ mir abermals die Schilderung des Grusels. »Aber es kam noch dicker. Einer dieser NA-Vögel kriegte sich gar nicht mehr ein, wie toll das wäre, dass wir jetzt auch dabei wären, und dann taperte er los und umarmte die Neuen.« Ralle lachte schadenfroh, aber als er Jans bösen Blick sah, wiegelte er ab: »Ääähh, schlimm, meine ich natürlich.«

»Das möchte ich dir auch geraten haben«, sagte ich sehr bestimmt. »Jedenfalls kommt dieser Fredie auch auf uns zugeeiert und fragt Jan: ›Darf ich dich umarmen?‹, und Jan fragt den eiskalt: ›Ablecken auch, oder geht's ohne?‹ Der Typ hat gekuckt wie'n Auto, ich hätte mich fast nass gemacht, aber dann steht der plötzlich vor mir und breitet die Arme aus, und ich schaffe es gerade noch zu sagen: ›Ich bin aus Westfalen, da haben wir's nicht so mit Bussi-Bussi. Reicht auch Hand geben?‹ Naja, Applaus gab's danach jedenfalls keinen mehr. Das war ja schon mal ein Teilerfolg.«

Kaum hatte Klaus von der Bundeswehrverschickung nach Afghanistan gesprochen, ertönte wie aufs Stichwort Soldatenmusik. »Tage wie diese« quoll aus dem Fernsehgerät, und dann war ein etwa 50jähriger Mann mit Truppenbetreuungsaura zu sehen, der sich bitterlich schniefend darüber beklagte, dass sein schönes deutsches Liedgut von politischen Parteien missbraucht werde, schluchzbuhu. Weil das so furchtbar schlimm und verwunderlich war, lachten alle, und Friedrich stellte kühl fest, dass Lieder für Kirmesmitgröler nun einmal Lieder für Kirmesmitgröler und somit den entsprechenden Gesetzen dieses Genres unterworfen seien. Dann wandten sich alle vom Quallkasten ab und ließen den albernen Herrn alleine darin herumkaspern.

In Deutschland war gerade Bundestagswahlkampf, entsprechend viele Politiker hingen als Fotografien an den Straßenlaternen oder verteilten bunt bedruckte Plastikkugelschreiber an das mündige Wahlvolk, das aber Mühe hatte, sich an die Urnen schleppen zu wollen; viele hätten das lieber im Internet erledigt, wo sie auch gleich in ihre »Foren« genannten Kübel hätten hineinreihern können.

Die regierende Dame wirkte tranig und schläfrig, ein Sedativum auf den kurzen Beinen der Lügen. »Vielleicht könnte der Kirmessänger ihr etwas von seinem Nasen-Ata abgeben, um sie ein wenig in künstlichen Schwung zu bringen«, schlug Franz vor, aber Fritz analysierte messerscharf, dass gerade die entschlossene Schlafpillenausstrahlung das größte Pfund der Regiererin sei, das sie nicht aufs Spiel setzen werde.

Zufriedenheit in Deutschland bedeute, dass man jemanden habe, auf den man herabsehen könne, dem es schlechter gehe als einem selbst und dass man etwas zu meckern habe, und zwar in ausreichender Menge. Auch die Bedürfnisse nach Einordnen, Buckeln, Brown-Nosing und Kriechen müssten befriedigt werden können, sonst fühle sich der deutsche Vollindividualist nicht wohl in seiner Kollektivhaut.

Dies alles garantiere die regierende Frau so zuverlässig wie den Gang der Geschäfte, und wenn man zu alldem noch andere Völker dominieren könne, ohne groß Krieg mit Waffengewalt führen zu müssen, sei doch alles geritzt: die Minderwertigkeitskomplexe ausgetobt und kompensiert und trotzdem die Friedensfassade gewahrt, so sei es gewünscht und perfekt.

»Kurz und gut«, fasste Klaus zusammen, »das klingt so richtig zum Davonlaufen. Und rein zufällig«, sprach er lächelnd in die Runde, »haben wir einen geräumigen Fluchtwagen dabei, einen Verschwindi-Bus quasi.«

»Diese Entzugsnummer geht mir schwer auf den Docht!« Ralle stöhnte genervt. »Überall erzählen sie dir, wie du das Saufen seinlässt, aber keiner redet über's Rauchen! Mann! Das ist viel schwerer! Trinken kann jeder weglassen, aber das Quarzen kriegst du nicht einfach so weg! Und hier darf ich das auch noch! Nur von elf Uhr Abends bis fünf Uhr früh ist der Raucherraum geschlossen, ansonsten kann ich qualmen, bis kein Arzt mehr kommt. Die ersten stehen morgens um viertel vor fünf Schlange. Das ist doch das Grauen!« Der runde Mann schüttelte sich angeekelt.

»Nimm's nicht so schwer, bitte.« Jan legte Ralle eine kleine Pranke auf die Schulter. »Seit zwanzig Jahren kucken wir dir dabei zu, wie du angeblich aufhörst zu rauchen. Das ist wirklich süß, wie du versuchst, alle zu betuppen, aber sogar deine Kinder haben es schon gemerkt, als sie noch ganz klein waren. Wach auf, Mann! Es ist doch nichts Schlimmes, du bist nur abhängig, fertikowski und aus.«

»Ja, sicher, aber die Kippen schmecken einfach nicht mehr!« Ralle war offenbar unfroher, mürrischer und latent selbstquälerischer Stimmung. Jan hielt sofort kompetent dagegen. »Klar ist das mies, wenn sie uns ›Navy Cut‹ verbieten und jede andere Fluppe, die schmeckt. Aber man muss seinen Stoff doch nicht an der Tanke kaufen! Es gibt sie noch, die guten Drogen, und garantiert nicht bei Manufactum!«

Die Ärztin war so schön, dass ich beinahe tot umfiel. Ihre Augen strahlten grünblaugrausilbern, ihr rotes Haar schimmerte, und ihr Fahrgestell machte mich schwindelig.

»Es ist Zeit, dass Sie vor die Tür kommen«, sagte sie, »in der Klinik werden Sie ja blöde.« Das fand ich auch, hätte es mich aber so nicht zu sagen getraut und freute mich umso mehr über die klaren Worte.

»Suchen Sie sich eine Gruppe bei Ihnen in der Nähe, vielleicht passt das ja.« Ich war entlassen, wenn auch nur temporär, und machte mich auf den Weg.

Eine Stunde später stand ich vor dem »Heilehaus« in der Kreuzberger Waldemarstraße. Manche nannten es auch etwas despektierlich das Heileheilegänschenhaus, aber da muss man aufpassen; Humor ist in Kreuzberg nicht so verbreitet, man lacht dort nicht gerne über sich selbst, sondern lieber über alle anderen, das geht ja auch viel leichter.

An der Tür stand »Treffen der Autonomen Alkoholiker«. Es war kein Witz. Die nannten sich im Ernst ›Autonome Alkoholiker‹; zwar gibt es schwerlich einen größeren Gegensatz als den zwischen Sucht und Autonomie, aber in Kreuzberg sind eben auch die Alkoholiker autonom, das ist dort Pflicht.

Ich machte mich vom Acker und las noch: »Jeden Samstag und Sonntag Jodeln mit Sigurd.«

Vielleicht gab es im Heilehaus ja auch Siedeln mit Joghurt, aber so genau wollte ich es dann auch nicht wissen.

Ich machte mich auf den Heimweg und dichtete mir zur Aufmunterung ein kleines Schalldämpfer-Lied:

Wir sind noch nicht verloren
Wir sind noch nicht perdü
Wir singen gern »Putain, putain,
putain de merde au cul!«

Wir hören gerne Dylan,
wir hören gerne Bach.
Jedoch, beim besten Willen,
hören wir niemals Krach.

Wir sind noch nicht verloren
Wir sind noch nicht perdü
Wir singen stets »Putain, putain,
putain de merde au cul!«

»Das Schlimmste am Krankenhaus«, jaulte Jan, nachdem ich die Klinik pünktlich erreicht hatte, »sind die Thrombosestrümpfe. Das geht einfach nicht, das kann man nicht bringen. Da stehen schöne Frauen vor dir, und du liegst in so einer Art Medizinalstrapsen rum, ganz in weiß. Das gehört sich doch nicht.«

Jan stöhnte vor innerem Jammer. Ralle ächzte zustimmend: »Thrombose, Thrombose, das geht in die Hose.« Und seufzte: »Wer liebt, ist ohne Frage, in prekärer Lage.«

»Du hast alles begriffen«, nickte Jan und sah dabei überhaupt nicht unfreundlich aus.

»Der Reim ist wie die Ehe; hat mans einmal angenommen, muss mans auch fortführen«, zitierte

Friedrich und fragte in die Runde: »Von wem stammt das? Von Joseph Fischer? Oder von Gerhard Schröder?«

»Sicher nicht«, antwortete Fritz. »Das ist von Peter Hille, einem Dichter aus dem westfälischen Erwitzen, der im Jahr 1904 kurz vor seinem 50. Geburtstag starb. Hille war ein Vagabund, ein Fahrensmann, ein Vagant. Er hat den kühnen Satz ›Ich bin, also ist Schönheit‹ geprägt. Den könnte sich Joseph Fischer auch nicht leisten.«

Samstag war Anstaltsradiotag, und ich durfte das Programm gestalten. Um Ralle und Jan eine Botschaft zu schicken, sagte ich: »Hier ist das nikotinfreie Radio Wedding. Wenn Sie rauchen, können Sie die folgende Sendung nicht empfangen.« Ich sah und hörte meine beiden Lieblings-Hachos schon abhusten. Dann gab es im Äther nur noch Lieder von Nils Koppruch und seinen Bands Fink und Kid Kopphausen. Ich hatte den Hamburger Sänger und Maler sehr geschätzt und war einige Male gemeinsam mit ihm aufgetreten, in Berlin und zuletzt in Leipzig und in Halle. Im Oktober 2012 war er einfach so gestorben, kurz vor seinem 47. Geburtstag. Es brauchte lange, um dieses Mysterium auch nur einigermaßen zu fassen. Erst nachdem Viktor, der Wirt des Zürcher Clubs »El Lokal«, Wochen später Lieder von Nils auflegte, drang sein Tod in mein Bewusstsein. Manches will und kann man einfach nicht wahrhaben.

Ich dachte an F.W. Bernsteins Worte über seine

Freunde F.K. Waechter und Robert Gernhardt, die vor ihm gegangen waren. »Sie sind jetzt nicht mehr sterblich«, hatte Bernstein bei einem gemeinsamen Auftritt in Magdeburg gesagt.

»Wir müssen von da weiter wo wir sind.« Das war einer dieser Sätze von Nils, und nachdem ich ihn zitiert hatte, legte ich einen meiner Lieblingssongs von ihm auf: »Ich kümm're mich darum, sag nur was dir fehlt, ich besorg' dir einen Mörder, wenn du ihn bestellst, und ich wüsste sogar einen, der dir im echten Leben hilft.«

Das Lied von Fink war gerade verklungen, als die Nachricht vom Tod Otto Sanders kam. Ach nein, bitte der nicht auch noch, dachte ich. Es wird eindeutig zu viel gestorben, und ganz besonders von den falschen Leuten. Und jetzt Otto Sander! Ben Becker hätte ich dann schon besser gefunden. Ich hatte Otto Sander einmal getroffen, bei der Eröffnung einer lit.cologne in der Kölner Philharmonie. Otto Sander rezitierte im Wechsel mit Nina Hoss, Wilhelm Genazino, den man aus Eckhard Henscheids Roman »Die Vollidioten« als »Herrn Domingo« kennt, las aus einem seiner Werke, ich hatte gemeinsam mit Götz Alsmann zwei Lieder zu singen und eigene Texte vorzutragen.

Im Auditorium saßen etwa 2.500 Leute, ich hatte richtig Bammel. In der Garderobe tigerte ich auf und ab, rekapitulierte die Liedtexte und musterte meinen Aufzug; ich trug einen dunklen Dreiteiler und ein weißes Hemd. Otto Sander sah mich an, kam auf mich zu, griff mir mit beiden Händen unter Jackett und Weste, zog das Hemd am Rücken glatt und stramm und schob es mir ohne jede Anzüglichkeit hinten in die Anzughose. Er betrachtete sein Werk, sah mich mit seinen eindringlichen traurigen Augen an und sagte mit dieser Stimme, auf der man laufen konnte: »Auf der Bühne kannst du machen was du willst. Aber dein Hemd muss sitzen.«

Ich war tief beeindruckt; in wenigen Worten hatte Otto Sander das erste und wichtigste Gesetz aller Bühnenkunst auf den Punkt gebracht. Mir fiel ein, was meine Großmutter, die Schneiderin gewesen war, ihren Enkeln eingeschärft hatte: »Hemd in die Büxen, Gendarm kommt.«

Auch Erich Loest hatte es erwischt, oder vielleicht war er auch entwischt? Entkommen? Der 87jährige war aus dem Fenster eines Krankenhauszimmers in den Tod gestürzt, und das offenbar aus eigenem Willen. Freitod ist immer hoch respektabel, und so gedachte ich Loests freundlicher als zu seinen Lebzeiten.

Ich war ihm einmal bei einer WDR-Veranstaltung begegnet, es ging um Literatur und Politik und den Angriff der NATO auf Jugoslawien. Roger Willemsen, den ich damals noch für zurechnungsfähig hielt, moderierte, Ingo Schulze fand Loest ebenfalls grauenhaft, wollte das unter Sachsen aber nicht sagen oder aus Betriebsrücksichten lieber schweigen und schwitzte wasserfallartig, während Loest seinen Funktionärssermon in illiterater Pappsprache von sich gab, bis ich es satt hatte und ihm zu verstehen gab, dass Ranzigkeit allein noch keine Qualität sei, auch wenn Günter Grass genau damit reüssiere.

Der völlig verdatterte Loest behauptete daraufhin entrüstet, so habe früher die Stasi mit ihm gesprochen; ich wies diese stumpfe Lüge aber zurück; in Sachen Humorunfähigkeit seien sich die Stasi und er doch immer ganz prima einig gewesen, woraufhin er, Loest, dann erstrecht und so richtig doofmannmäßig beleidigt war. Die Wirkung von Loests Literatur auf seine Leser beschrieb der Kollege Rayk Wieland später in sieben Silben eines Samurai: »Eingedöst bei Erich Löst«.

So sterben Leipziger Helden, von denen 18 Silben bleiben werden: Was schufen deutsche Dissidenten? / Ein Volk von einig Konsumenten.

Otto Sander war gestorben, Erich Loest hatte sich erlöst, und am selben Tag war Rainer Brüderle gestürzt. Dass dieses Ereignis tatsächlich als Nachricht verbreitet wurde, ließ mir die Welt als einen Ort erscheinen, dessen einzig vernünftigen Ausgang Sander und Loest bereits gefunden hatten.

Es wurde allerdings auch vermeldet, dass Brüderle »von Philipp Rösler gestützt werden musste«; etwas Niederträchtigeres als das ließ sich schwerlich jemandem nachsagen und war so gesehen schon wieder ganz nach meinem Abgeschmack. Dennoch war es hohe Zeit, die Biege zu machen und die Kurve zu kratzen. Ralle, Jan und ich mussten raus, zurück zu unseren Freunden vom Kommando Leise Welt. Ich verließ das kleine

Radiostudio und machte mich auf die Socken, um meine beiden rauchenden Freunde loszueisen.

Ich fand Jan und Ralle im Garten der Klinik. Sie saßen unter großen, alten Bäumen und pafften. Draußen, jenseits der Umzäunung, in der Freiheit, defilierten Irrsinnige vorbei, die mit sich selbst sprachen, ihre Kinder oder Ehegatten bebrüllten oder sonstwie völlig gar waren. Dagegen mutete der Irrenhausgarten geradezu paradiesisch an, und genau deshalb mussten wir von hier verschwinden. Der Mensch ist nicht für den Himmel geschaffen, sondern für die Hölle, die ihm entspricht.

Obwohl Ralle im kühlen Schatten saß, perlte ihm der Schweiß am Kopfe. Auf seinen Resthaarstoppeln hatten sich kleine Tröpfchen gebildet, er sah aus wie ein Christbaum mit Fluppe. »Mann«, stöhnte er, »langsam is' auch ma' gut. Die machen einen hier ja zum Horst.«

»Es heißt ›Horst D'Œuvre‹«, schoss ich zurück, einen der übelsten Kalauer von Fritz zitierend, und wie erhofft besserte sich Ralles Laune. »Der kostet 'nen Zehner«, verlangte er, ich zückte den Schein mit Freuden. Ralle nahm ihn, wischte sich damit die Rübe trocken und steckte den tropfnassen Lappen ein. »Die haben mich in eine Therapiestunde gesteckt«, ächzte er, »ihr könnt euch das nicht vorstellen.«

»Nicht, solange du nichts erzählst«, ermunterte ich ihn, während der schon dunkelgrau gerauchte Jan Scheibenwischerbewegungen machte. »Da kommt dieses Reck von Frau rein«, begann Ralle,

»geht an eine Tafel und malt Gesichter hin, vier Stück, teilweise lächelnd, teilweise mit Kummermund, und schreibt unter die Krakeleien dann ›Freude‹, ›Trauer‹, ›Wut‹ und noch irgendwas, und dann fragt sie mich: ›Wo würden Sie sich da einordnen heute Morgen?‹ Mir wäre fast ein Ei aus der Hose gefallen, aber ich wollte nicht schofelig sein und habe gesagt: ›Bei Punkt, Punkt, Komma, Strich, fertig ist das Mondgesicht.‹ Genau so sah das Zeug ja nun mal aus.«

»Ja und?«, fragte ich. »Die blöde Torte« – Ralle war sichtlich angegriffen – »machte mich direkt an: ›Sie sind negativ. Was haben Sie für eine Einstellung zu Ihrer Heilung?‹ Und dann habe ich ihr gesagt, dass ich niemals so unheilbar gesund werden möchte wie sie, und danach ging es richtig ab.« Er wutschte sich mit der Hand den nachgelaufenen Christbaumschmuckschweiß von der Raucherrübe. »Sie meinte dann, so würde das nie was mit mir, ich sei feindselig, und wir müssten Privatstunden nehmen.«

Alle Angst und alles Leiden der geschundenen Kreatur standen in seinen Augen. »Ich bin da sofort raus und habe noch was von Elektroschocks gesagt.« Er sah erst Jan an, dann mich. »Können wir jetzt endlich mal ein Bier trinken? Ich bin seit drei Wochen trocken, und ich glaube, ich wäre gern mal wieder nass.« Es war der Moment, auf den Jan seit drei Wochen gewartet hatte, aber das zeigte er selbstverständlich nicht. »Wenn du meinst...«, sagte er gedehnt.

Wir wollten dann los. »Kein Problem«, sagte die Ärztin mit den nussbraunen Augen, »Sie müssen nur vorher Ihren Jelinek aufsagen, dann können Sie gehen.«

»Jelinek? Ich soll Elfriede Jelinek vortragen?« Ralle schüttelte sich. »Da dreht sich doch Marcel Reich-Ranicki im Grabe um!«

»Mit Elfriede Jelinek hat das überhaupt nichts zu tun.« Die Ärztin lächelte belustigt. »Der Jelinek ist nach einem gleichnamigen Psychologen benannt. Es ist ein kurzer Bericht Ihrer Suchtgeschichte. Sie können ihn aufschreiben und vorlesen, Sie können ihn auch frei vortragen, danach wird er in der Gruppe besprochen, und dann können Sie raus.«

»Also gut«, säuselte Ralle leutselig, »das bisschen Zeit haben wir auch noch übrig.« Die Aussicht, vielleicht noch ein paar Minuten mit der Ärztin allein zu sein, machte ihm die beste Laune.

Jan und ich hatten uns mit Stiften und Papier in den Aufenthaltsraum gesetzt und jelinekten vor uns hin. »Ich glaube, das wird denen hier nicht so gefallen«, gibbelte Jan. »Was denn?«, fragte ich. »Nun ja.« Jan grinste diabolisch. »Von kontrolliertem Trinken nach Professor Körkel halten die hier doch nichts.«

»Wovon? Und nach wem?« Ich stand auf der Leitung.

»Von kontrolliertem Trinken. Nach Professor Körkel.« Jan sprach den Namen mit großer Wärme aus. »Der Mann ist die Speerspitze der Aufklärung. Weshalb er nach gängiger Lehrmeinung der

Suchttherapie natürlich als Scharlatan und als Ketzer gilt.«

»Ah ja«, sagte ich dumpf. »Professor Körkel, das ist ja interessant.«

Wir hatten unsere Jelineks gesprochen, dann war die Messe gelesen, der Drops gelutscht, der Käse gegessen, der Kittel geflickt. Es galt, Abschied zu nehmen. Ralle intonierte »Brown Eyed Girl« von Van Morrison, und er sang so wohltönend, dass er die multitoxisch Suizidgefährdeten in der Gruppe für ein paar Minuten ins Leben zurückriss.

Jan hatte ein Porträt von der italienischen Ärztin Maria Inferna gezeichnet und schenkte es ihr, woraufhin sie ihre pechschwarze Mähne schüttelte und ihm einen Blick aus ihren grüngoldenen Augen schenkte, der Jan fast umbrachte. Er schwankte, aber er blieb fest.

Auch mir schlug eine schwere Stunde. Ich sah meiner Lieblingsärztin in ihre grünblaugrausilbernen Augen, und dann stimmte auch ich ein Lied an. Der Text war von Peter Hacks. »Laß mir deiner Blumen eine, / Eine nur aus deinem Strauß, / Oder ich fall um und weine / Mir vor Gram die Augen aus. / Schenk mir einen Blick beim Scheiden, / Wenn ich geh in fremdes Land, / Oder sprich: ich mag dich leiden, / Oder nimm mich bei der Hand. / Gib mir einen Kuß zum Scheine, / Eine einzge Silbe sprich. / Laß mir deiner Blumen eine / Und den Wahn, du liebtest mich.«

Dann waren wir weg und standen draußen vor dem Jüdischen Krankenhaus auf der Heinz-Galinski-Straße im Berliner Wedding. Wir waren sauber, rasiert und nüchtern, unsere entgifteten Körper spürten wieder Spannung, und wir hatten Appetit auf das Leben und auf eine vernünftige Mahlzeit.

»Das waren schöne 14 Tage, na ja, wenigstens teilweise«, seufzte Ralle etwas wehmütig und selbstvergessen, »nur das Futter war nicht so ganz nach meinem Geschmack.« Er klopfte sich auf den Bauch beziehungsweise auf das, was von seinem ehemaligen Wanst noch übrig war. Auch Jan hatte fast keinen Kühler mehr, und mir schlackerten die Hosen um die Beine.

Ich sah in mein Portemonnaie. »Jungs«, konnte ich erleichtert verkünden, »ein paar Kröten sind noch im Sack. Ich schlage vor, wir gehen ins ›L'Escargot‹, Schnecken essen. Der Koch ist Sizilianer und hat es richtig drauf. Darf ich mir erlauben, euch einzuladen?« Der Vorschlag stieß auf Gegenliebe; Ralle zückte sein Taschentelefon, um ein Taxi zu rufen. »Warteschleife«, stöhnte er. »Ganz schlimme Beschallung wieder. Musik kann man das ja nicht nennen.«

Mit der freien Hand kratzte er sich am Hintern; Jan und ich konnten sehen, dass Ralle weiße Unterhosen mit grünem Kleeblatt-Muster trug, die guten alten irischen Shamrock Shorts. Während wir noch feixten und Ralle Stoßseufzer ins Telefon entließ, kamen zwei Patienten vom Krankenhaushof gewankt. Die Männer waren etwa Mitte Sechzig, trugen beide schulterlanges Resthaar, große Schnauzbärte, hausschuhbreite Koteletten bis sonstwohin, dazu lange, schwarze an der Seite geschnürte Lederhosen und Lederjacken und obendrüber eine Bikerkutte aus Jeansstoff. Beide schoben einen Rollator.

Mit offenem Munde betrachteten wir das Defilee der alten Rocker. »Großartig«, sagte Jan anerkennend, »die sind besser als gemalt. Fehlen eigentlich nur noch die Harley-Lenker an den Rollatoren.« Er lachte freundlich, schloss die Augen, stellte sich offenbar ein Bild vor und schwärmte: »Genau. Mit so 'ner richtich schönen langen Gabel. Und auf der Kutte der Name des Clubs: ›The Wild Rollator Bunch‹«.

Ralle war endlich erhört worden und durfte ein Taxi bestellen, das sogar zügig kam. Wir schwangen uns hinein.

Franz, Klaus, Nikolaus und Vincent standen neben dem Elektro-Van, sahen in den Himmel und wunderten sich. Es regnete FDP-Politiker. »Lauter kleine Möllemännchen«, sagte Franz. »Die nehmen uns die Arbeit ab. Ich glaube, die Abgesägte kann ich einkellern.«

»Oder wegfrieren, in der Kühltruhe. Wie mein Vater, der hat Jahrgangsfasane und Jahrgangsflinten gehortet«, antwortete Vincent. Neben ihm zerplatzte etwas. »Ich übernehme die Verantwortung«, ächzte Rainer Brüderle; es waren seine letzten Worte. Er war zum dritten Mal in kurzer Zeit gestürzt und durfte an der nächsten Verlosung nicht mehr teilnehmen. Das »Projekt doof mit weit über 18« war endgültig zum Stillstand gekommen.

Das Radio im Taxi vermeldete die Rücktrittsankündigung der grünen Gurkin Claudia Roth. Ein Sprecher der Blindenhundegewerkschaft wurde zitiert: »Für die Vollbeschäftigung unserer Kolleginnen und Kollegen ist das ein schwerer Schlag. Solange Claudia Roth sich öffentlich zeigte, hatten wir immer genug zu tun. Wenn diese Frau auftrat, knurrten wir im Umkreis von zwanzig Meilen. Und das soll auch so bleiben. Claudia Roth darf sich nicht aus ihrer Verantwortung stehlen, sonst bleiben unsere Näpfe leer. Jauuuuul!«

Im Kulturradio wurde über »Flexitarismus« diskutiert, eine mildere Spielart des Vegetarismus, die ihren Anhängern, die sich Flexitarier nennen, gelegentlichen Fleischverzehr erlaubt. »Überall diese Arier«, stöhnte Ralle, »und die Arien darüber in den Medien.« Er schüttelte unwirsch den Kanonenkugelkopf. Die Kalauerkasse wurde langsam voll.

Der Weltatlas, den ein polnisches Buchgestalterehepaar veröffentlicht hatte, wurde von einer Rezensentin gefeiert. Ralle konnte es nicht lassen. »Das Buch heißt bestimmt ›Leben zwischen zwei Polen‹«, schepperte er, und – zack ! – waren wieder drei Euro fällig.

Es folgte ein Kommentar von Gabor Steingart. »Peer Steinbrück hat es nun schriftlich: Er ist kein zweiter Helmut Schmidt. Er ist noch nicht mal ein zweiter Rudolf Scharping. Denn der schnitt als

Kanzlerkandidat 1994 um mehr als zehn Prozent besser ab. Dass Steinbrück nach der Bundestagswahl dennoch frohen Mutes war, können Psychologen gut erklären. Sie sprechen von ›Erschöpfungsstolz‹ – der bezieht sich nicht auf das Geleistete, sondern auf das Durchlittene.«

»Ich glaube, der hat einen Erschöpfungsbruch am Koppe durchlitten«, lachte Ralle. Während Jan und ich noch darüber debattierten, ob der Eisprung vom Ermüdungsstolz zum Ermüdungsbruch kalauerkassenpflichtig wäre, kam das Taxi am »L'Escargot« an. Ich zahlte, und wir eilten den Schnecken entgegen.

Klaus lenkte den Elektro-Van sicher durch Köln-Nippes. Nikolaus wollte in sein Atelier, endlich wieder malen, aber als sie an seinem Haus vorbeikamen, sagte er nur leise zu Klaus: »Fahr bitte einfach weiter.« Drei Angehörige der Zivilbullerei hatten sich betont unauffällig versteckt, waren Nikolaus also sofort aufgefallen. Den vieren im Auto fiel ein, was sie völlig vergessen hatten: dass sie als »Kommando Leise Welt« oder wahlweise auch als »Schalldämpferbande« immer noch polizeilich gesucht wurden.

»Das ist jetzt ein bisschen blöd«, sagte Nikolaus an der übernächsten Ecke. »Ich würde wirklich gern richtig malen. Skizzenblöcke sind ja gut und schön, aber auf Dauer unbefriedigend.«

»Du könntest mit zu mir kommen«, bot Vincent an. »In meinem Gartenhaus hängen diese Schnüffelanten bestimmt noch nicht rum. Du hast da deine Ruhe, einen Garten und eine Hütte, Lektüre für die nächsten zweihundert Jahre, gutes Futter und einen Weinkeller zu deiner Verfügung.«

»Danke.« Nikolaus war im Ernst gerührt, wollte die großzügige Offerte aber dennoch nicht annehmen. »Ich habe ja auch noch eine Familie«, wandte er ein, »und die hat mich jetzt schon sehr lange nicht gesehen.« Plötzlich fühlte jeder der vier gestandenen Rabauken Heimweh nach Frau und Kindern.

»Anrufen kannst du auch nicht«, sagte Franz. »Die Leitungen sind nicht sauber, die Spitzel hängen überall drin. In der Elektropost stecken sie auch. Manchmal«, sinnierte er, »frage ich mich, was die Deutschen eigentlich gegen die Stasi haben. Die meckern über die NSA, damit sie über den NSU und den assoziierten Verfassungsschutz nicht reden müssen. Es ist doch alles voll davon, die heißen jetzt eben nur anders.«

»Die Zonis haben gewonnen«, gab Klaus zu bedenken. »Die haben 1990 das Regiment übernommen. Seitdem steht man überall Schlange, und das Wahlrecht hat sich in eine Wahlpflicht verwandelt. Fehlt nur noch, dass sie einen abholen am Wahltag.« Er lachte, aber so richtig fröhlich klang es nicht.

»Wenn man von Lemuren wie Kai Diekmann angepetert wird, zur Wahl latschen zu müssen, ist wirklich Schluss.« Franz wurde apodiktisch. »Und Kompetenzler wie Beckenbauer und Philipp Lahm liegen einem auch mit ›Demokratie‹ in den Ohren. Es ist nicht zu fassen.«

»Bon.« Nikolaus kam zum Kern der Situation zurück. »Was machen wir?«

Die Schnecken waren verputzt, der köstliche Knoblauch-Kräuter-Sud mit Weißbrot aufgetunkt, und der Wirt des »L'Escargot« brachte Jan, Ralle und mir nicht nur dampfenden Espresso, sondern auch ein Kartenspiel mit an den Tisch. »Eine Runde Scopa?«, fragte er mit einem Lächeln, das ihn aussehen ließ wie den König beider Sizilien.

Er zog die schönen, in rot, blau, grün und gold leuchtenden Spielkarten aus der Verpackung und begann zu mischen. »Abheben?«, fragte er Ralle. »Nicht nötig«, gab der zurück, »nach diesem Essen bin ich völlig abgehoben.« Boing, die nächsten drei Euro für die Kalauerkasse waren fällig, aber Ralle war in Geberlaune. »Außerdem bin ich doch keine Abhebamme«, sagte er mit fröhlichem Gesicht und packte weitere drei Münzen aus.

Auf dem Tisch lagen die Bastoni-Sechs und die Dinari-Sechs. »Sechsen, setz!«, setzte Ralle obendrauf und ließ drei nochmals Geldstücke klimpernd auf den Tisch fallen. »Ich liebe Italien«, behauptete er ausgelassen. »In Venedig gehe ich immer auf dem Libido spazieren.« Und wieder waren drei Pieselotten fällig.

»Also auf nach Stuttgart!«, schlug Vincent entschieden vor, und bevor Nikolaus sich alleine mit drei Zivilpolizisten anlegen konnte, war der Van gestartet, und Klaus gab Gummi. Die Aussicht auf einen kleinen Imbiss auf der Wielandshöhe stimmte ihn heiter, und von Stuttgart aus würde er sich mit Franz nach Augsburg absetzen.

Sein Taschentelefon klingelte. Er nahm das Gespräch während der Fahrt an; Ralle war in der Leitung. Er hatte im »L'Escargot« die Kalauerkasse gut aufgefüllt und machte mit Jan eine Rauchpause vor der Tür, die er zum telefonieren nutzte. »Wir sind raus«, hörte Klaus ihn sagen, »und wir haben Sehnsucht nach euch. Wo steckt ihr?«

Klaus sagte ihm, wohin die Reise ging, und Ralle seufzte. »Na, dann könnt ihr uns ja schlecht aufpicken und mitnehmen. Wann sehen wir uns denn mal wieder? Und vor allem: wann schlagen wir denn endlich mal zu als Kommando Leise Welt?«

Das war keine schlechte Frage; Klaus wusste keine Antwort, und sie vertagten sich. Ralle und Jan kehrten an den Scopa-Tisch zurück; mit dem Dinari-Cavallo nahm Ralle den Bastoni-Cavallo und verkündete: »E la nove va. Frei nach Fellini.« Der Kalauer war gebührenpflichtig, aber Ralle strahlte. »Ich kann zwar kein Italienisch, aber italienisch kalauern geht.«

Wir brachen auf. Ralle hatte eine Karre geklemmt und sich an die Vorgaben – »kein Cabrio, kein SUV und auf gar keinen Fall einen Jeep, wir sind schließlich keine Werbeagentur« – gehalten. In einer unauffälligen Kombi-Schleuder ging es zur Autobahn; wir hatten uns auf Hamburg als

Reiseziel geeinigt. »Da ist gerade Reeperbahn-Festival«, hatte Ralle argumentiert, »jede Menge laute Grütze, jede Menge menschliche Fehlbesetzungen, also quasi Popkomm, da kriegen wir sicher was zu tun.« Zärtlich hatte er seine schallgedämpfte Knarre angesehen und gestreichelt.

Jan hatte zugestimmt. »Bevor uns die Püster ganz einrosten, fahre ich euch nach Norden, von mir aus sogar in dieser lahmen Familiengurke«, und dann hatte er noch etwas von »guten Connections« gemurmelt; die Tage der Abstinenz waren offenbar gezählt.

»Hamburg ist das Elbe vom Ei!«, hatte ich als letzter im Trio posaunt, und diesmal war es an mir, die Kalauerkasse praller zu machen. »Der kostet doppelt«, beschied Ralle streng, und ich sträubte mich nicht.

Auf der Reeperbahn war reichlich Auftrieb; der Nachmittag war sonnig, aber frisch, und so fitschten wir in ein Theater, um uns aufzuwärmen. Auf der Bühne saß ein stattlicher restblonder Mann und haute den Vertretern der heruntergekommenen Musikbranche ihre miesen Geschäfte mit der Musik um die Ohren. Die Bordsteinschwalben des Musikbusiness bekamen ordentlich auf den Kopf, aber solange das Kommando Leise Welt keine konkreten Maßnahmen ergriff, würden sie weitermachen wie bisher.

»In so manchem Sachverhalt / hilft alleine die Gewalt / Doch die ist tabuisiert, / damit den Ärschen nichts passiert«, wusste Ralle und wurde sentimental. »Da waren wir bei der IRA damals ja ganz anders gestrickt...«

Hell leuchtete die Wielandshöhe über Stuttgart. Das Restaurant war frisch renoviert worden, und Vincent war gerade rechtzeitig gekommen, um, frei nach Brecht, »die Führung zu übernehmen«. Es war aber eine sehr freundliche Übernahme, als Vince bei der Küchencrew »einen kleinen Imbiss« für Franz, Klaus und Nikolaus in Auftrag gab.

Nach dem siebten Gang hingen die drei Schalldämpfer ermattet im Gestühl, doch auch die Künste des jungen Patissiers mussten noch adäquat gewürdigt werden. Ein Sorbet half der Nahrungsaufnahmefähigkeit wieder auf die müden Füßchen. »Sorbet ist nicht nur gut für Sorben«, konstatierte Nikolaus; die schreckliche Kalauerkrankheit hatte sich offenbar telepathisch von Ralle zu ihm durchgeäthert, und nicht nur zu ihm; alle drei durchblätterten nun munter einen bunten Katalog von sorbenbrechenden Kalauern. »Wer Sorben hat, hat auch Likör«, wusste Klaus von Wilhelm Busch. »Oder Lacan«, sagte Nikolaus mit überlegenem Lächeln; er hatte Kapielski gelesen und ertränkte seine Sorben seitdem dann und wann in einem Gläschen Wein, wo bei er Gläschen nicht »Gläschen« aussprach, sondern mit »sch«. »Das ist wie bei »Hös-chen«, erläuterte Nikolaus. »Jeder Idiot kann Hös-chen sagen, aber wenn du es aussprichst wie die Firma Hösch mit ›en‹ dran, wird es gleich lustiger, und rätselhaft ist es auch erstmal.«

»Deine Sorben möchte ich haben«, seufzte Franz gutgelaunt und steckte sich eine der selbstgemachten Pralinen in den Mund, die der Kellner mit dem Kaffee gebracht hatte. Danach knackten sie samt und sonders am Tisch weg.

Die Hamburger Musikmesse war vor allem ein Aufgalopp berufsjugendlich Verzweifelter, die entsprechend auf dufte und alles prima machten. Die Branche war am Ende und durch, man spürte es bis in die letzte Faser ihrer windigen Vertreter, deren eifrigster Tim Renner war. Der Diederichsen des Mainstream hatte es mit seiner Propaganda für ein Leben in Digitalien zu popakademischen Würden gebracht und sogar schon auf dem »Creativity Worldforum Ludwigsburg« gesprochen; jetzt hielt einen Vortrag über sein schnittiges Leben: »Der rasende Mitläufer als Avantgardist. Wie man als konstitutioneller Popopuhler den Chef raushängen lässt«. Der Vortrag hieß aber anders, irgendetwas mit progressivem Steine rammen.

Jan stand schon nach vier Minuten Affirmationsgeblubber der Schweiß auf der Stirn. »Der wäre ein Fall für die Abgesägte von Franz«, stieß er hervor. »Wenn einer außer Geld verdienen keine Idee vom Leben hat, gilt er ja als normal, aber muss man dann immerzu von Kultur rumseichen?« Jan ertrug es nicht, das war nicht zu übersehen.

»Ein paar schöne Baclofen, einen halben Liter Weißen drauf und später eine ordentliche Tüte, dann ist der Rotz vergessen«, schlug er schwärmerisch vor. »Mach mal langsam«, bat ich ihn. »Du hast geschätzte 15 Kilo runter vom Entzug, lang nicht gleich voll zu, sonst bist du fratze.« Auch Ralle, der geradezu ausgemergelt wirkte, plädierte für einen kontrollierten Neubeginn bei der Aufnahme toxischer Substanzen. »Mein Plan wäre: ein bisschen rumlatschen, den Quatschkopf halte ich auch nicht mehr aus, und dann irgendwo eine Nudel essen und ein Glas Wein dazu.« Renner rhabarberte, »mit einer starken SPD für ein kulturelles Deutschland«; bevor er sich einen schwarz-rot-goldenen Schlips aufs Hemd brechen konnte, waren wir weg.

Aus einem Club erklang schöne, lustige Musik, wir betraten das Lokal und lauschten einer Band, die gerade den Refrain eines ihrer Lieder sang: »Oh oh oh, Wohlwillstraßeee, where have you gohone?« Es waren Friska Viljör aus Schweden, und sie spielten so hinreißend, dass sogar Jan für eine Stunde seinen Schmacht vergaß.

Nach dem Konzert ging es zum Italiener. Bevor wir bestellen konnten, sahen wir am Nebentisch Tim Renner. Er hatte offenbar fertig gesprochen und versuchte nun, unfallfrei Pasta zu essen. Vergeblichkeit überschattete die Mühen des Moter-Music-Mannes von einst. Ein gut besoßtes Nudelnest landete auf seiner Hose.

»The Noodle and the damage done«, kommentierte Ralle und legte freiwillig den Kalauerobolus auf den Tisch. Sacht rülpste Renner. Ralle lächelte und winkte ihm mit geradezu päpstlicher Würdigkeit zu. »Immerhin«, lobte er, »Ihr Dänisch ist besser geworden.«

Wir stromerten durch die Hamburger Nacht. In der Wohlers Allee prasselten die Kastanien dutzendweise aus den Bäumen, ich sammelte die frischen, glänzenden Glücksbollern auf, stopfte mir die Jackentaschen voll und drehte dann links wie rechts zwei Handschmeichler in den warmen Tatzen. Es hatte Zeiten gegeben, da hatte ich Kinder zu anderen Kastanienbäumen geschickt, wenn sie mir meine Beute streitig machen wollten, aber aus dem Alter war ich jetzt raus. Allerdings hatte ich mir vor drei, vier Jahren einen dieser Luschenvattis gegriffen, die vor ihren eigenen Kindern Angst haben, vor ihnen auf dem Bauch liegen, mit ihnen dauerkuscheln wollen und damit Monster heranziehen.

Einer dieser Ich-habe-immer-sieben-Trinkflaschen-dabei,-damit-nichts-passieren-kann-Figuren stand mit seinem etwa sechsjährigen Sohn unter einem Kastanienbaum. Die Kastanien waren noch nicht reif, der Sohn brüllte aber, dass er Kastanien wolle, und der Vater, eine Verneinung von Herz, Verstand und Charakter, parierte und kuschte, anstatt ihm plausibel zu erklären, dass man noch ein wenig warten müsse.

Er sprang hoch, riss der Kastanie unter großen Anstrengungen einen mittelstarken Ast aus, puhlte mit einem Taschenmesser mühsam an den stachelbewehrten, noch ganz festen grünen Umhüllungen herum und fand unfertige, unreife, weiße Kastanienvorstadien. Der Junge rabähte, der Vater prügelte mit dem Ast auf weitere Kastanienäste ein. Beide waren mit dem Fahrrad da, beide trugen die Augenkrebs erzeugenden grellbunten Produkte der Freizeitidiotieindustrie, und beide hatten einen Helm auf. Warum nur? Was hätte zwischen ihren Ohren denn Schaden nehmen können?

Ich spazierte hinzu, hielt drei Meter Abstand und fragte den Vater, was er da eigentlich mache. Er glotzte wie ein Auto, obwohl er Autos wahrscheinlich grundböse und faschistisch fand, und sagte stulle nichts. »Pardon, was machen Sie da bitte?«, insistierte ich. Sein Sohn kam angelaufen und versuchte mich zu treten.

»Pass mal auf, du Kröte«, sagte ich zu dem Gezücht, »verzieh dich, nimm deinen Fußabtreter mit und lass dich hier nicht mehr blicken. Alles klar, Chef?« Denn der Chef der beiden war der Sechsjährige; wozu noch mit seinem zitternden Personal reden? Das aber wollte nun sein längst verlorenes Gesicht retten und zeterte, ich solle seinen Sohn zufrieden lassen. Ich fand das sehr drollig, ging hin und klebte ihm eine. Es war nur eine mittlere Ohrfeige, aber er war dumm und verstand nicht. Er ging auf mich los, da gab ich ihm noch zwei Maulschellen, diesmal aber saftige. Er begriff langsam, aber er begriff und trollte sich mit seiner Brut, die mit offenem Munde und tückischem Glitzern in den Augen zugesehen hatte. Zuhause würde der Sechsjährige wahrscheinlich seinen Schlappipapi vermöbeln.

Auf der kastanienbeglänzten Wohlers Allee kam uns ein einzelner Mann entgegen. Er schwankte und taumelte, schlingerte, ruderte mit den Armen und stieß Worte aus, die wir nicht verstanden. »Armer Kerl«, sagte Jan, »dem ist bestimmt die Frau weggelaufen.«

»Oder sie ist ihm eben *nicht* weggelaufen«, konterte Ralle. Der Mann war jetzt nur noch wenige Meter entfernt. Er trug einen passablen Anzug, einen wollenen Rollkragenpullover gegen die Herbstkälte und eine etwas unvorteilhafte Streberbrille. Er torkelte, wirkte dabei aber überhaupt nicht betrunken, nur verzweifelt. Tränen liefen ihm aus den Augen, und er schluchzte Satzfetzen aus sich heraus, die wir nun, aus der Nähe, verstehen konnten.

»Ich hab das alles bezahlt ... und jetzt diese hämischen Kommentare ...«

»Uuhh, teure Scheidung«, mutmaßte Jan; ich bedeutete ihm wortlos zu schweigen, der Mann und sein Lamento hatten mein Interesse geweckt. Er stieß weitere halbe und sogar ganze Sätze hervor: »Alles geblecht ... den Hartz-IV-Empfängern die Butterbemme ... der Alleinerziehenden die Mutti-Kind-Kuren ... dem 76-Jährigen das dritte künstliche Hüftgelenk – dabei hat der doch auch nur zwei Hüften!« Er zog den Tränenrotz hoch. »Es ist so ungerecht ... sogar dem armen Ostler hab' ich auf die Beine geholfen. Obwohl ich den gar nicht leiden kann. Und dafür gibt's dann Hohn und Spott. Nur weil ich FDP gewählt habe. Es ist so gemein!« Heulend zog er davon, weiter tremolierend und jaulend.

»Drei Apfelsinen im Haar und an den Hüftgelenken Jan Fleischhauer«, kommentierte Ralle die würdeferne Simulation von Mann. Mehr war dazu ja auch nicht zu sagen.

Jan Fleischhauer wackelte weiter vor sich hin jammernd durch Hamburg, aber, wie es in einem alten Lied heißt: he would never talk alone. Seitdem er bei *Spiegel online* den durchsichtig-grobschlächtigen Linkenfresser gab, hatte er neue Freunde gefunden. Einer von ihnen war Roger Köppel, eine Kreatur des Schweizer Milliardärs Christoph Blocher, der seine Landsleute mit den von ihnen benötigten Reserven an Angst und Niedertracht versorgte.

Roger Köppel war via *Weltwoche* der Hauptlautsprecher des SVP-Granden Blocher, und Köppel gelang es immer wieder, die Schweiz als ein Paradies zu zeichnen, das von außen durch gewalttätige Roma, Sinti und andere arme Schlucker vor allem aus Südosteuropa bedroht und von innen nicht minder durch selbst denkende, nicht von Hass auf alles Andersartige angetriebene Frauen und Männer gefährdet wurde. Besonders die Frauen waren Köppel eine Dornenhecke im Auge.

Jan Fleischhauer hatte inzwischen seine Wohnung erreicht und griff, noch im Mantel, aus dringendem Trostbedarf zur jüngsten Ausgabe der *Weltwoche*. Roger Köppel präsentierte im Editorial »ein paar grundsätzliche Überlegungen« zum Titelthema »Die Frau, das konformistische Wesen«. Eine dieser Überlegungen lautete: »Männer, die beruflich Karriere machen, werden sexuell attraktiver. Frauen, die im Beruf aufsteigen, werden sexuell weniger attraktiv.«

Fleischhauer grinste affirmativ, doch sein in Spurenelementen noch vorhandener Hirnkasten rebellierte: »Wenn das stimmt, dann möchte man sich lieber nicht ausmalen, wie abstoßend Köppel zu Beginn seiner Laufbahn gewesen sein muss.« Diesen Gedanken hatte ihm aber der Zürcher Musiker und Autor Boni Koller per Invisible Thought Message (ITM) geschickt, aber das ahnte Fleischhauer nicht.

ITM, Invisible Thought Message, war das nächste ganz große Ding in der Welt der Gehirnfexe. ITM war in einem Geheimlabor in der Innerschweiz entwickelt worden. Die Tarnung war perfekt; offiziell fungierte das Gasthaus Grünenwald, aus dem allein der Ort Grünenwald unterhalb Engelberg bestand, als Anlaufstelle für Wanderer und Musiker. Die Engelberger Band »Jolly and The Flytrap« hatte das Lokal gekauft, vermietete Zimmer, veranstaltete im Herbst die traditionelle Metzgete und zu Pfingsten ein großes Fest mit vielen Musikern und Dichtern, stellte ihren Proberaum auch anderen Bands zur Verfügung und war trotz aller Exotik bodenständig.

Hinter dieser harmlosen Fassade aber verbarg sich eines der modernsten Hirnforschungslabore der Welt. Fabian Christen, Techniker der Band, der von allen »Hefe« genannt wurde, weil sein Vater Bäcker gewesen war, hatte es in jahrelanger Nachtarbeit eingerichtet und sich gemeinsam mit dem Jolly-Sänger El Ritschi daran gemacht, auf Hirnfrequenzbasis für Bewusstseinsveränderung zu sorgen. Ritschi, nach außen ein braver Familienvater, bretterte dreimal die Woche nachts den Highway von Hellbühl nach Grünenwald, und dann bastelte er mit Hefe an dem, was die beiden zunächst HHM genannt hatten, Human Help Messages. Im 21. Jahrhundert habe diese Welt aus Dummheit, Bosheit und Gemeinheit, so argumentierten die beiden Humanisten aus Neigung, keine Zeit mehr für langfristig ausgerichtete Entwicklungen; man müsse schnell und effizient arbeiten, das Heft des Handelns an sich bringen und den Napfsülzen, die als »Top-Entscheider« mit sogenannter »Meinungsführerschaft« die Menschheit in immer noch tiefere Niedrigkeit stießen, ins Wort und in den Arm fallen.

Es war ihnen gelungen, eine Methode zu generieren, bei jedem Menschen die oder den Funken von Verstand, so vorhanden, aufzuspüren und dann gezielt mit ausgewähltem Input zu versorgen. Hefe und Ritschi schickten komprimierte Mails mit Musik, Literatur und Philosophie an Adressaten, bei denen immerhin ein Minimum an Empfangsmasse vorhanden war. Bei Roger Köppel, Claudia Roth, Paolo Coelho, Margot Käßmann, Nikolaus Blome, Matthias Sammer, Frank Schätzing und Millionen anderen war das zwar zwecklos, aber es gab auch Überraschungen; in mancher völlig taub scheinenden Nuss hatten sie noch Reste von Hirntätigkeit entdeckt und diese sukzessive gestärkt und neu aufgebaut.

Als letzten größeren Erfolg hatten sie den Rücktritt von Papst Benedikt auf der Habenseite, aber öffentlich verloren sie darüber kein Wort und blieben im Hintergrund.

Ralle, Jan und ich stiefelten die Wohlers Allee entlang, als auch ich eine ITM bekam, eine Invisible Thought Message. Es war die Kopie der kurzen Nachricht, die Boni aus Zürich an Fleischhauer geschickt hatte. Ich lachte, und Ralle fragte, was denn so komisch daran wäre, abends durchs dunkle, feuchte, klamme Hamburg zu laufen, er hole sich hier langsam eine Verkühlung weg.

Ich erzählte ihm von ITM, und Jan, unser Mann für Drogen und Technik, wurde hellhörig. »Diese beiden innerschweizer Freunde haben ITM entwickelt«, erklärte ich. »Das hatte einen ganz privaten Grund. Eine von Ritschis kleinen Töchtern hatte ihr Lieblingskuschelspielzeug verloren. Das war ein kleiner runder Klops mit einem Gesicht, der ›Klaus der Kloß‹ hieß. Und der war weg. Die Kleine war untröstlich, schlief nicht, aß nicht und weinte und schluchzte nur, sie wolle Klaus den Kloß. Er blieb aber verschwunden, und auch an ein Duplikat war nicht heranzukommen, es handelte sich um ein Geschenk von Freunden aus Erfurt.«

»Das ist ja hochinteressant«, brömmelte Ralle und schlug den Kragen gegen die Kälte hoch. »Ja, das ist es tatsächlich«, gab ich zurück. »Die emotionale Seite ist ganz entscheidend bei der Erfindung von ITM. Ritschis Kleine war todtraurig, und Ritschi war es auch, er litt mit ihr und war nur noch ein Schatten seiner selbst. Hefe konnte das einfach nicht mehr mit ansehen und arbeitete Tag und Nacht an der ITM-Sache, bis er es hatte. Er schickte eine unsichtbare Gedankenmail an Ritschis Tochter, angeblich abgesendet von Klaus dem Kloß, der ihr sagte, dass er sie lieb habe und er gerade Ferien mache bei den anderen Klößen und sie sich bald wiedersähen, und das Elend hatte ein Ende und alles war im Lack, aus Thüringen wurde ein Zweitklausskloß besorgt, der dann eben aus dem Urlaub zurückkam, und aus dieser Empathie mit dem ganzen Kinderirrsinn ist ITM entstanden!« Ich war begeistert und zeigte das auch. »Hefe und Ritschi stellten bald fest, dass sie den Deckel von einem Topf gehoben hatten, in dem etwas ungeheuer Gefährliches schlummerte. Jeder Wirtschaftsmulti würde das haben wollen, jeder Geheimdienst, jede Regierung, und auch privat weckt das Begehrlichkeiten. Die Möglichkeiten der Manipulation mit ITM sind grenzenlos. Du kannst jedem einreden, was er konsumieren, denken, tun und sagen soll; jedes Mickermännchen kann mit ITM Frauen beeinflussen, in deren Radar es sonst nicht einmal käme, man kann Leute zu allem verleiten. Deswegen haben Hefe und Ritschi ihr Geheimnis für sich behalten und nur einem ganz kleinen Kreis von Freunden zugänglich gemacht.«

»Und dazu gehörst du?«, fragte Ralle ungläubig.

»Hier hat ein Kampf stattgefunden.« Ralle hatte offenbar einen deutschen Fernsehkrimi gesehen, jedenfalls redete er so. Wir hatten unser Ziel auf der Wohlers Allee erreicht, die Wohnung von Freund Axel Martens. Zwar hatte sich Ralle wie eine TV-Stelze ausgedrückt, in der Sache aber leider Recht: Axels Bude war auf den Kopf gestellt worden, zwei Stühle lagen auf dem Boden, vor der Küchenzeile hatte jemand Geschirr zerbrochen. Ich lief ins Bad, in die Speisekammer, ins Schlafzimmer und fand nichts.

An der Tischkante hatte Jan einen kleinen roten Fleck entdeckt; es war Blut. »Shit«, zischte ich und wählte Axels Mobilnummer. Die Mailbox meldete sich, ich hinterließ keine Nachricht. »Blickst du das?«, fragte mich Jan, ich schüttelte den Kopf und dachte laut. »Axel gehört zum engsten ITM-Kreis, aber das muss nicht unbedingt etwas heißen. Ich werde mal seine Freundin Heike anrufen, vielleicht weiß sie irgendetwas.«

Mein Taschentelefon klingelte, bevor ich selbst anrufen konnte. Das Display signalisierte einen unbekannten Teilnehmer; ich nahm das Gespräch an, eine fremde Stimme drang an mein linkes Trommelfell. Sie klang, als ob ihr männlicher Besitzer einen ordentlichen Schnupfen eingefangen oder schwere Sinusitis hätte; wahrscheinlich hielt er sich aber auch nur die Nase zu. »Wir haben Axel«, quäkte die Stimme. »Und wir wollen alles über ITM wissen.«

Mein Herz war eine Dampframme bei der Arbeit und hieb mir in die Eingeweide. Ich hielt das Telefon von mir weg, atmete dreimal kräftig durch und antwortete: »Das würde ich gern von Axel selber hören.« Ein meckerndes Lachen ertönte. »Das kannst du vergessen, Meister«, polypelte es aus der Kleinelektronik. »Du machst, was ich sage. So läuft das hier.«

Sein Atemwegsverstellungsgemähre war lächerlich, und sein Tonfall reizte mich. »Sind Sie Nasiate, oder mit wem habe ich es zu tun? Ich möchte mit Axel sprechen. Jetzt.« Vom anderen Ende waren nicht näher identifizierbare Geräusche zu hören, dann ein offenbar schmerzinduziertes Fluchen, dann war Axels Stimme in der Leitung. »Wer ist dran?«

»Ich bin's, Mann«, sagte ich erleichtert. »Was ist passiert?« Ein langes Ausatmen war zu vernehmen. »Keine Ahnung, puuh. Zwei Typen kamen in meine Wohnung, gingen direkt auf mich los, hauten mir die Rübe gegen den Tisch, ich ging k.o., und jetzt bin ich sonstwo. Sie wollen an ITM ran, ich habe ihnen deine Nummer gegeben, damit sie mich nicht aufschlitzen.«

»Was sollen wir machen?«, fragte ich. Axel lachte leise. »Meinst du die beiden Typen? Mit Brot anlocken und den Kopp abpetten!«, kam es mit friesischem Zungenschlag frisch durch den Äther. Dann wurde die Verbindung unterbrochen. Aber immerhin: Unter Stockholm-Syndrom schien Axel nicht zu leiden.

Rasch dichtete ich ein weiteres Schalldämpferlied, um uns bei der Rettung von Axel aus den unegalen Pranken seiner Entführer Mut zu machen:

»Alles, was lange währt, ist leise«,
sagte Joachim Ringelnatz.
Süße, bist du meine Meise,
oder doch eher ein tschilpender Spatz?

Piquiert erschaudern wir vor lauten
Leuten, die sind einfach nur mies.
Als der Brüllkopf, den wir verhauten,
herum noch krakeelte, war das grundfies.

Unsere weite Welt ist stille,
ist das Idyll für's Trommelfell.
Du sagst, das Lärmen sei dein Wille?
Wie dumm von dir, wir sind lautlos und schnell.

In einem mit Carraramarmor gefliesten Keller stand Franz-Peter Tebartz-van Elst und spielte versonnen mit einer kleinen Peitsche. »Eine Geißel für die Geisel«, sprach er halblaut vor sich hin und ließ das geflochtene Flusspferdleder durch seine Finger gleiten. Seine Gesichtszüge, eine Art Parodie auf Gollum, entzerrten sich für einen kurzen Moment. Er sah aus wie immer, wie ein geistesgestörter Zwölfjähriger. »Ich werde das Geheimnis von ITM lüften«, sprach er in den Spiegel. »Und dann werde ich Franziskus eine Invisible Thought Mail schicken. Er wird zurücktreten, und ich werde den Vatikan neu bauen. Ich werde Albert Speer exhumieren. Er wird mein Architekt sein.«

Der Limburger Käse auf Tebartz-van Elsts Hals begann vor Wonne zu tropfen. »Und jetzt werde ich mich um meinen Gefangenen kümmern«, sprach der Bischof schmachtend und fühlte eine Regung, die eigentlich exklusiv vom Anblick nackiger Knabenpopos ausgelöst wurde. Doch auch die Aussicht, einen gefesselten Gefangenen persönlich zu peinigen, sorgte für Dampf unter der Soutane.

Mit einem verbuckelten, jeder Vatikanschranze angemessenen Krummgrinsen betrat der Nochbischof Tebartz-van Elst den Keller der freudigen Qualen, wie er die Zelle nannte, in der er sich und andere zu pflegen pflegte. Der Gedanke an seinen Gefangenen bereitete ihm Vergnügen, er klatschte sich die Peitsche in die linke Handfläche und zuckte wonnig. Mit einer Chipcard öffnete er lautlos das Verließ und betrachtete seine Geisel, die er persönlich bis auf die Unterhose entkleidet und angekettet hatte. »Das Schamtuch Christi«, entfuhr es ihm. »Wir müssen über die Erektion Jesu bei der Kreuzigung sprechen.«

Sein Gefangener sah ihn kühl an. »Ah, Ulan Masturbator ist da«; diesen Kalauer hatte Axel per ITM von Ralle bekommen, der mittlerweile in die Geheimnisse des Thoughtmessengerlebens eingeweiht worden war. »Dir geht es ja gerade ganz hübsch an den Kragen«, sagte Axel in sachlichem Ton. »Aber mach dir nichts draus. Nicht du bist der Skandal, sondern der Verein, der dich angestellt hat. Wenn sich dieser Verbrecherladen »Kirche der Armut« nennt, ist es doch nur gut, dass es solche wie dich gibt.«

Er lächelte vergnügt, »Und für deinen Halbsteifen brauchst du keinen Jesus. Den schaffst du ganz alleine.«

»Kommt rüber und holt mich hier raus! Der Typ nervt extrem!« Axels ITM erwischte mich auf dem Weg zum Konzert von Friska Viljör, und ich war nicht sehr amüsiert. Hauen wir ihn raus, beschloss ich und wandte mich an Ralle und Jan.

»Axel hat keinen Bock mehr auf Kloppe von Ter Stegen. Oder von Tebartz-van Elst. Jedenfalls müssen wir hin!«

»Hamburg oder Limburg, wo ist der Unterschied?«, fragte Ralle launig und hatte Glück, dass Harry Rowohlt nicht in der Nähe war, der ihm hanseatisch eins gehustet hätte.

»Also gut«, stimmte Jan zu, »befreien wir deinen Freund Axel.« Gesagt, getan. Tebartz-van Elst bekam eins vor die Omme und ein Ryan Air-Stehplatz-Ticket nach Rom verpasst, und dann machten wir uns von Frankfurt-Haan ins richtige Frankfurt auf, um mit unserer Consiliera Gabriela La Rittig alles in Ruhe und Vernunft zu bekakeln.

»Der Stehplatz bei Ryan Air für Tee-und-Gebäck-van Elst war echt der Clou!« Ralle freute sich. »Wie er da stand in seiner ›Better Rich‹-Soutane von Bogner, das war schon klasse!« Er kam ins Schwärmen. »Über Ryan Air könnte ich euch Geschichten erzählen...«, hob er an; eine ausführliche Suada gegen den CheaPestflyer stand im Raum wie ein Koffer.

»Das hast du schon«, flötete Jan maliziös dazwischen; Ralle, leicht gnatzig, verstummte, und Axel, den Fängen des Bischofs entronnen und wieder voll angekleidet, gab ihnen einen kurzen Bericht über seine Entführung.

»Zwei Typen in meiner Tür, Mietlinge, grundfies eben; wenn die nicht gegen Geld auf die Elbphilharmonie oder auf Beule von Ost aufpassen, hauen sie anderswo anständigen Leuten was vor die Glocke. Und genau so war das.« Axel lächelte etwas müde, aber schon wieder fröhlich. »Ihr habt mich dann ja sauber befreit. Danke!« Er schüttelte den Kopf, als könne er die ganze Geschichte immer noch nicht richtig glauben.

»Dann ging es mit dem Hubschrauber – die Typen nennen das allerdings ›Heli‹ – zu einem Schloss; es war die Hütte von Johann Lafer. Der hat ja zwei Helikopter-Parkplätze, die ganze Bude war mit Werbung bepflastert, der Mann selber auch, seine Küchenkluft sah aus wie eine Formel 1-Montur! Zieht euch das mal: Ich musste mit Tebartz-van Elst bei Lafer essen. Schön ist echt anders.« Axel lachte verhalten. »Und dann ging es ab nach Limburg, Spaßkeller ahoi! Es war irgendwie eklig und schmierig, aber so richtig Schiss hatte ich nie, der Typ fährt so dermaßen auf sich selber ab, dass er mich die meiste Zeit einfach vergessen hat.«

Was wohl die große Advokatin Gabi Rittig dazu sagen würde?

Gabriele Rittig saß in ihrem Büro auf der Frankfurter Bergerstraße und telefonierte. Nach vorneraus hieß ihr Laden »Buch & Wein«, es gab gute Bücher und Lebensmittel aus Katalonien, köstliche Würste und Schinken, eingelegtes Gemüse, würzigen Käse, hinreißende plombenziehende Süßigkeiten, kraftvolle Weine und einen Cava, der eine Wirkung wie eisgekühlte Lava entfaltete. In den hinteren Räumen befand sich die Anwaltspraxis; von hier aus wurden die Satiriker von der *Titanic* beraten, hier wurden die Strategien für große Prozesse ebenso entworfen wie das Kleinvieh erledigt, aber immer wurde hier gut gegessen und getrunken. Wozu importierte ihre Firma schließlich die ganzen schönen Sachen?

Gabriele, auch »La Gabi« genannt, gehörte zu den Frauen, die man niemals nach ihrem Alter fragen würde; sie war ein lebenslänglicher Feger, mehr gab es nicht zu sagen. An einem Klassiker mäkelt man nicht herum. Mit ihrer Intelligenz, ihrem Humor und ihrem entwaffnenden Kichern und Lachen hatte sie schon vielen Wichtigtuern die heiße Luft abgelassen. Und sie war eine von den drei ehrlichen Juristen, die ich im Laufe meiner justizrelevanten Lebenszeit kennengelernt hatte. Axel, Jan, Ralle und ich saßen ihr gegenüber und streckten die Beine aus; Gabi hielt den Kopf in ihre Rechte gestützt, trank ein sprudelndes Aspirin, straffte sich und lächelte. »Ihr seid meine Rettung. Gestern war's etwas viel, aber dass ihr mich auf meine alten Tage noch mit Tebarz-van Elst in einem Atemzug nennt, ist doch eine schicke Überraschung.«

Sie rekapitulierte unser Gespräch. »Ihr seid, genau wie Franz, Klaus, Nikolaus und Vincent, zur Fahndung ausgeschrieben, obwohl ihr außer vorsätzlichem Leisermachen nicht groß was angestellt habt. Und euer Freund hier« – sie wies mit einer höflichen Handbewegung auf Axel – »wurde von der kleinen Limburger Schwester entführt und von euch befreit. Und nun? Was kann ich für euch tun?« Sie strahlte uns an; allein dafür hatte sich der Besuch schon gelohnt.

»Wir blicken doch selber nicht mehr durch«, antwortete ich. »Eigentlich war ja gar nichts, wir kamen noch nicht mal richtig dazu, das Kommando Leise Welt der Welt vorzustellen, die anderen Jungs sind sonstwo abgeblieben, wir geistern hier durch die Gegend und sind langsam ein bisschen durch den Wind. Rumreisen und unterwegs sein ist schon schön und macht auch Feez, aber wir sind ja nicht als das Kerouac-Trio angetreten, und da wäre es schon gut zu wissen, was Ambach und was Phase ist. So, wie das jetzt läuft, könnten wir auch völlig privatisieren. Aber wir wollen auf keinen Fall für nichts einfahren. Also entweder legen wir jetzt einen Verhaftungsgrund nach oder wir machen einen Deal. Was meinst du?«

»Ich bin unbedingt für Verhaftungsgrund nachlegen.« Jan klang verschärft unternehmungslustig.

Was er wohl wieder eingeworfen hatte? Oder war er einfach nur ausgeschlafen?

»Mir macht das ja alles großen Spaß«, fuhr er fort, » nur das ganz dicke Ding fehlt uns noch. Wenn ich bald wieder Zuhause bin, mit der schnurrenden Katze auf dem Bauch auf dem Sofa rumlümmele und bei Tee und Gebäck ›Breaking Bad‹ kucke, dann will ich meiner Frau doch vorher was zu erzählen haben. Ein echtes Abenteuer! Sonst hält die mich am Ende noch für eine antriebslose Seegurke.«

Das war ein Motiv, das man auf keinen Fall außer Acht lassen durfte. Auch Ralle juckte es in den Fingern, das sah man, und bevor er wieder alte IRA-Geschichten zum besten gab, konnte man ja auch ein paar neue erleben. Irgendwann würden wir vielleicht Enkel haben, und dann konnten wir nicht gut mit leerem Mund dastehen. So gesehen war ein kleiner Gewaltakt in der Gegenwart ja auch eine schöne Investition in eine bessere, friedvolle Zukunft.

»Also gut. Ich muss noch kurz zum Spucki, dann besorgen wir uns ein paar Püster, in Frankfurt ist das kein Problem, da kannst du am Wasserhäuschen einen Panzer kaufen. Das ist urbane Lebensqualität!« Ich patschte vor Sportsgeist in die Hände. »Und dann geht es ab zur *FAZ*, den Wirrmacher am Öhrchen zuppeln! Naja, falls Frettchen Ohren haben«, schloss ich einschränkend.

»Und wieso musst du dafür zu einem Spucki?«, fragte Gabi. »Das ist ein Geldautomat«, erklärte ich, »der heißt so, weil er Geld ausspuckt. Und zum Wummenkaufen braucht man nun mal Bares, so ist es geregelt auf der Welt.«

»Wenn ihr hier Straftaten verabredet, geh ich besser mal raus«, sagte Gabi. »Ich weiß das dann besser gar nicht.« Sie stand auf und ging, in der Tür drehte sie sich um. »Aber zur *FAZ* komme ich mit.« Sie stand da, jeder Zoll der reine Lustgewinn mit dem Unschuldsblick eines Puttenengels. »Ich wollte immer schon wissen, ob Jasper von Altenbockum nicht nur so schreibt, wie er heißt, sondern auch so aussieht, wie er schreibt. Vielleicht tragen der Herrenreiter ja Sattel und Zaumzeug?« Sie deutete dezent ein leises Wiehern und ein Hufestampfen an und verschwand.

Kaum hatte Gabi Rittig ihr Anwaltsbüro verlassen, war sie auch schon wieder da, in Begleitung eines schwarz gekleideten, schwarzhaarigen, schwarzäugigen Mannes mit dunklem Oliventeint. Es handelte sich aber keineswegs um einen Oligarchenknecht oder einen Mafioso, sondern um einen der berühmtesten lebenden Verbrecherjäger überhaupt. Hubert Huhn, ein kräftiger und kraftvoll agierender Endfünfziger, hatte in seinem Berufsleben mehr Kriminelle geschnappt und eingebuchtet als alle »Tatort«-Kommissare zusammen. Er war als Mastermind der Eurocops in einer Position, die ihm normalerweise jedes persönliche Handanlegen erspart hätte, aber Hubert Huhn liebte es, als Zielfahnder der Atem im Nacken seiner Feinde zu sein.

Verbrechensbekämpfung war für ihn eine persönliche Sache, und seine Spezialität war die Zermürbung von Ganoven durch eine raffinierte Verfolgungstechnik per Automobil: Hubert Huhn setzte sich dem Delinquenten hart auf die Fersen, bis dem das Wasser im Gedärm kochte, verlor dann scheinbar jäh die Spur, wiegte so den schon halb schlachtreifen Gangster in Sicherheit und schlug nach einem Umweg von etwa sechzig Kilometern präzise zu und pflückte sein psychisch derangiertes Opfer ab. Diese Taktik hatte ihm den Kriegsnamen »El Navigador« eingetragen, der an den Kaminfeuern reich gewordener Schurken mit der Mischung aus tödlichem Hass und klappernder Angst ausgesprochen wurde, die Hubert Huhn sich hart erarbeitet hatte und die sein Adrenalin war.

Leidenschaftlicher als das Fangen von Verbrechern liebte Hubert Huhn nur Gabi Rittig, die als Strafverteidigerin gerne mal Leute rauspaukte, die Hubert Huhn gerade eingebuchtet hatte. Gabi Rittig war für ihn der Quell aller Erkenntnis und Freude, bei allem professionellem Hader: »Ich packe sie, und sie haut sie raus, yin und yang, eh egal, Hauptsache, am Ende Harmonie!«, sprach Hubert Huhn beherzt. Trotz seiner männlich-markigen Art wirkte er wesenszart. »Ich war bei Dylan im ICC in Hamburg«, schwärmte er verzückt. »Ein Sitzkonzert, erst irritierend, aber dann nur noch gut. ›Forgetful Heart‹ war gottvoll, und der Abend eine Lektion in Präzision und Unabhängigkeit.«

Hubert Huhn sammelte sich. »Aber eigentlich wollte ich euch was zum Schalldämpfen geben«, sagte er lachend, und alle spitzten die Ohren.

Hubert Huhn, ein Mann mit einem Herzen aus purem Gold und genau deshalb der härteste Cop Hessens, war wieder beieinander. »Tut mir leid, Jungs, dass es so mit mir durchging, aber Dylan hören und Gabi sehen, das haut mich doppelt aus den Schuhen.«

Wir verstanden den Mann nur zu gut, und jetzt würde dieser Vulkan von Gemütsmensch uns den entscheidenden Fingerzeig geben. »Katholische Kirche mit Armutsgetue und Saldo-Maso-Bischof, *FAZ* mit Herrenreiterkameradschaften, alles schön und gut, aber wollt ihr nicht mal richtig zulangen?« Hubert Huhns Augen prüften uns, und wir nickten.

»Aber hundert pro!«, schwor Jan, Ralle sah aus wie die IRA nach gelungener Reanimation, Axel wusste, dass es wichtigere Dinge gab als die Rache an einem Limburger, und ich wäre für den Mann, der Gabi Rittig auf Händen trug, durchs Feuer gegangen.

Hubert Huhn zog die Oktoberausgabe von *DB mobil* aus der Jackentasche. »Das ist das Gratisdebilblatt der Bahn«, sagte er und schüttelte sich. »Mein ganzes erwachsenes Leben habe ich Schurken gejagt und geschnappt, aber das hier macht schneller und endgültiger doof als das übelste Meth der skrupellosesten Dealer. Ich habe auf der Fahrt von Hamburg drin geblättert. Rüdiger Bahnchef erklärt in seinem Hausblatt, wie klasse er ist und wie toll er seinen Laden führt, und eine Schleimschleuder mit Clownsnase assistiert ihm beim Lachen.«

Er setzte eine Lesebrille auf und zitierte: »Wer das Gefühl hat, zu etwas beizutragen was über ihn hinaus weist, ist glücklicher. Ich glaube, dass die Bahn ein guter Arbeitgeber ist, weil jeder weiß, dass die Bahn gebraucht wird, dass sie das umweltfreundlichste Verkehrsmittel ist und bei aller Kritik viel besser funktioniert als in vielen anderen Ländern. Darauf kann doch jeder Mitarbeiter stolz sein.« Hubert ließ das Magazin sinken. »Hirschhausen. Wenn ihr diesen Heil Humor!-Tumor vom Antlitz der Erde entfernt, kommt ihr in den Himmel. Falls ihr da rein wölltet. Jedenfalls kenne ich den Türsteher, und er schuldet mir was.«

»Hirschhausen ist Haribo«, krähte Jan und gibbelte. »Wieso Haribo?«, fragte ich, weil ich keine Verbindung sah, aber Jan erklärte sie mit der Ungeduld des chronisch unverstandenen Kopfes: »Na wie das alte Kindergedicht: ›Wer Schwänze lutscht und Ärsche leckt, dem schmeckt auch Haribo-Konfekt.‹ Das ist Hirschhausen, auf den Punkt.«

Das war nicht von der Hand zu weisen; Hirschhausen war der Prototyp des servilen Charakters. Aber war er überhaupt satisfaktionsfähig? Kopfmäßig spielte der Mann in der Liga von Boris Becker und Oliver Pocher; war das ein Fall für das Kommando Leise Welt? Ich zögerte.

Hubert Huhn spürte meine Skepsis und reagierte direkt. »Wenn ihr die Welt ändern wollt, könnt ihr nicht etepetete sein und euch aufführen wie die Bürgerfräuleins. Wer ausmisten will, darf keine Angst haben, sich die Hände schmutzig zu machen. Rumzicken ist da nicht. Man kann kein Omelett machen, ohne Eier zu zerschlagen. Das hat Dashiell Hammett gesagt, ein richtig Großer, von dem sich übrigens hier in Frankfurt der ganz junge Jakob Arjouni alles Wesentliche abgekuckt hat. Und Arjouni, Gott hab ihn selig« – Hubert Huhn hob die Hände –, »war ein Guter. Er hat Van Morrison geliebt.«

Hubert Huhns bewegende Rede überzeugte uns alle. Wer sich von diesem glühenden Eisen nicht anstecken ließ, musste selbst schon Asche sein.

»Ich habe eine Mundharmonika dabei!«, sagte Dr. Eckart von Hirschhausen. Der gebürtige Mediziner fletschte routiniert die Zähne; es war seine letzte Amtshandlung als Lachlappen der Nation. Ralle schoss ihm die Fletschi-Flexi-Sensibel-O-mat-Grimasse aus dem Gesicht, mit sechs Schüssen. Mehr hatte die schallgedämpfte Knarre nicht im Lauf, aber sie reichten dicke, um dem um sich greifenden TV-Grienevisagismus eine neue Nuance zu geben.

Nuance war ein Wort, über das man nachdenken konnte wie über »greige«, die Mischung aus grau und beige, die Designer »beruhigend« fanden, als sei bei ihnen in der Birne noch etwas tiefer zu legen; »mauve« oder »taupe« waren aber auch tolle Farben und Wörter und für solche Leute designt worden. Und in der »Bibliotèque«-Tapete von Hermès, die zwei Euro pro Zentimeter kostete, hätten sich die Rücken von Hirschhausens Büchern prächtig gemacht.

»Nu is' er dood«, sagte Axel friesisch kühl, und dem war nichts hinzuzufügen. Nur Ralle stimmte sein Lieblingsbeerdigungslied an, und, im Gedenken an Albert Finney in »Millers Crossing«, dem Film, den die Coen-Brüder in einem Akt unfassbarer Dreistigkeit von Dashiell Hammetts »The Glass Key« abgeklaut hatten, sang er »O Danny Boy, the pipes, the pipes are calling....«

Ralle erklärte die Sache. »Kann ein Lied Geburtstag haben? Doch. Wenn es ›Danny Boy‹ heißt. Das irische Fernsehn zeigte einen 60-minütigen Dokumentarfilm über die Geschichte des Liedes, in deren Verlauf es zum irischsten aller Songs wurde. Unterwegs strickten viele an der Hibernisierung. Harry Belafonte erzählte als Intro, dass nach irischer Tradition alle Männer Irlands zusammenkamen und zu den Waffen griffen, wenn die letzte Rose des Sommers verblüht war. Viele zogen in den Krieg, die anderen mussten zu Hause bleiben, und die ganze Insel war traurig.

Im Text geht es um einen jungen Mann, der in den Krieg zieht, und am Ende soll man ein ›Ave‹ an seinem Grab sagen, damit er in Ruhe verwesen kann. Oder so ähnlich, der Text lässt Raum für Interpretationen. Er stammt von dem englischen Rechtsanwalt Frederic Weatherly, der nie in Irland war. Er schrieb ihn im Jahr 1910 , fand aber keine passende Melodie dazu. Zwei Jahre später bekam er Besuch von seiner Schwägerin Margaret Weatherly aus Colorado, die ständig den ›Londonderry Air‹ vor sich hin summte. Diese Melodie ist 1851 von einer Jane Ross aus dem nordirischen Limavady aufgeschrieben worden, nachdem ein Straßenmusiker – der natürlich blind war, weil das rührseliger klingt – sie gespielt hatte. Weatherly klaute die Melodie und stülpte ihr seinen ›Danny Boy‹ über.

1913 veröffentlichte er das Lied in einem Musikverlag. Zwei Jahre später nahm Ernestine Schumann-Heink es als erste auf Schallplatte auf. Viele sollten folgen, inzwischen gibt es mehr als hundert Aufnahmen, darunter von Judy Garland, Bing Crosby, Johnny Cash, Cher, Tom Jones, Roy Orbison, Joan Baez, Elvis Presley, Jerry Lee Lewis und Eric Clapton. Und natürlich von der Kelly Family, zu der es passt, weil beide irische Fakes sind. In den USA ist ›Danny Boy‹ längst zur Hymne irischer Emigranten geworden, die ihre alte Heimat durch einen grünen Tränenschleier sehen. In AJ's Café in Michigan ließ der Besitzer das Lied am St. Patrick's Day, dem irischen Nationalfeiertag, tausend Mal hintereinander von seinen Gästen singen. Am selben Tag schickte der kanadische Astronaut Chris Hadfield aus der internationalen Weltraumstation nicht nur Bilder von Irland zur Erde, sondern band sich auch einen grünen Schlips um und sang ›Danny Boy‹. Nicht mal im All wird man von dem Lied verschont.

Sehr schön ist allerdings die Punk-Version von Shane McGowan und den Pogues oder die Interpretation der großartigen Band Black 47, in der ›Danny Boy‹ zum schwulen Bauarbeiter wird. Am sichersten ist man aber in Foley's Pub gegenüber des Empire State Building in New York. Shaun Clancy hat verboten, dass ›Danny Boy‹ jemals in seiner Kneipe gesungen wird.«

Ralle hatte die Hymne auf sein heimliches Lieblingslied beendet und sackte rechtschaffen ermattet zusammen. Vincent legte seine narbige Pranke auf die schmale Schulter seines Entremetiers. »Du machst dich«, sagt der runde Koch herzlich. »Und heute musst du alles geben. Wir bekommen guten Besuch.«

Hubert Huhn hatte Hirschhausen verschwinden lassen und ihn durch ein Double ersetzt; der Unterschied fiel ohnehin niemandem auf. Dann hatte Hubert auf der Wielandshöhe angerufen und einen Tisch bestellt. »Es wird Zeit, dass wir Pläne machen«, sagte der Fahnder. »Ich kann euch die Deckung geben, die ihr braucht. Mir als Bullen sind ja die Hände gebunden, aber ihr könnt autonom agieren.«

Das klang gut, Ralle hatte ohnehin Blut geleckt, Jan und Axel waren auch riemig, und ich, der alte Arbeiter-Samariter, fand ebenfalls, dass es nicht verkehrt war, dem Klassenkampf wieder ein menschliches Antlitz zu geben. Und wo hätte man eine Revolution besser eintüten können als an Vincents Tisch?

Ralle schob sich eine Quiche zwischen die Kiemen. »Meine Güte, ist mein Verein eine Gurke!«, stöhnte der üppige Endfünfziger. »Langsam wird mir Hertha peinlich. Kann man die nicht mal entpreetzen?«

»Nö, kann man eben genau nicht«, konterte Jan, der gleichfalls fröhlich futterte. Dann brachte der Wielandshöhen-Restaurantchef Champagner, und es herrschte Frieden wie sonst nur bei Aristophanes, Goethe und Hacks.

Am Nebentisch stand Berthold Seliger auf, ein Mann von geräumigem Äußeren, der die besten Konzerte veranstaltet hatte, bis er keine Lust mehr auf den Kulturbetrieb hatte.

»Was dem Kommando leise Welt fehlt, ist eine gute Homebase und eine schlagkräftige Agentur.« Hubert Huhn hatte große Pläne. »Am besten verdrückt ihr euch ins Ausland, dann sickert ihr von dort aus nach Deutschland ein, und nach getaner Arbeit geht es retour. Die Schweiz wäre ideal. Ein bisschen teuer vielleicht, aber eine sehr geeignete Ausgangsbasis. In Thun säße der richtige Mann für euch.«

Huberts Entschlossenheit war ansteckend und inspirierend, und »einsickern« war ohnehin ein unschlagbar inspirierendes Wort. Sich vorzustellen irgendwo einzusickern war herrlich. Also ermunterten wir Hubert Huhn mit freundlichen Blicken, weiterzumachen. »In Thun gibt es das Café Mokka. Bädu, der Pächter, ist ein wunderbarer Freak. Er hat riesengroß ›Musik ist scheiße‹ an die Fassade seines Clubs geschrieben. Für einen Konzertveranstalter ist das ziemlich kühn, und für euch wäre es doch das passende Motto. Vielleicht erhebt er keinen Titelschutz; er ist ein cooler Typ, der Soldatenpulks den Eintritt verwehrt, wenn ihm die Uniformdichte zu groß wird. Das in einer Garnisonsstadt zu bringen, war ein wunderbarer Aufreger.«

Kein schlechter Plan, sich als Band zu tarnen, um hinter der Subkulturfassade professionellen Krachschlägern die Luft abzulassen. Und eine Reise in die Schweiz war ja niemals ohne Reiz, und das nicht nur um des Reimes Willen.

Klaus und Franz kam im Elektro-Van angeschnurrt und gabelten uns an der Wielandshöhe auf. Nur Vincent blieb. Er sei »eine Immobilie«, erklärte er, und außerdem müsse er »den Laden auf Stand halten«. Wir nahmen vorläufigen Abschied und versprachen, wiederzukommen, wenn wir die Verhältnisse in Thun gesichtet hätten. Hubert Huhn zog es ohnehin zurück zu Frau Rittig, und wir sprachen ihm unisono einen Dankesvers, der in jedes Poesiealbum gepasst hätte: »Mit Lenin fragte Hubert Huhn ›Was tun?‹ / Und riet uns weise ›Los, auf geht's, nach Thun!‹«

Die Fahrt in die Schweiz geriet zum Schulausflug. Klaus foppte sehr aufgeräumt ein paar Stuttgarter, die nur im Porsche durch ihr prömmeliges Leben kamen und nun das Nachsehen hatten. Der psychologische Autobahnnotdienst für Breitreifenmenschen würde wieder alle Hände voll zu tun haben. An einer Tankstelle lernten wir ein neues Wort. Auf der Stele, an der die Benzinpreise zu lesen waren, klebte ein Zettel: »Sehr geehrte Gäste, der Preismast ist defekt.«

»Preismast passt astrein zu Schweinemast«, ulkte Jan und ergänzte: »Auf den Preismastdefekt folgt der Treibhauseffekt.« So war es wohl, jedenfalls widersprach niemand, nur Ralle füllte die Kalauerkasse auf: »Ich glaub', ich lach' mir'n Preismast.« So verging die Zeit wie im Nu, und schon bald hatten wir Thun erreicht. »Aus dem Thuner See stammt der teuerste Thunfisch der Welt«, behauptete Nikolaus, der naturwissenschaftliche Kenntnisse hatte. »Dafür zahlen die Japaner jeden Preis.« Auch dagegen ließ sich nichts einwenden. Nur Axel zischte: »Delphinmörder!«

»Was wollen wir Thunfisch?«, fragte Ralle und gab selbst die Antwort: »Nach Sardinien ausbüchsen!« Ohne Aufforderung zahlte er freiwillig zwanzig Stutz in die Kasse. Fünf Minuten später parkierte Klaus vor dem Café Mokka. »In der Schweiz parkt man nicht, man parkiert«, sagte er förmlich. »Wunderbar!«, stieg ich ein. »Jetzt müsste man nur noch den Mecklenburgern klarmachen, dass sie nicht immerzu harken, sondern doch lieber ein bisschen harkieren sollten.«

Als wir zum Mokka herüberschlenderten, lasen wir: »Heute Abend Nina Hagen Interaktiver Brecht-Lieder-zur-Klampfe-Abend«. Das mussten wir sehen!

Nina Hagen singt echt Brecht im Thuner Mokka?

Wow! Wir bekamen eben noch Karten und fanden sogar passable Plätze. Ich streckte die Beine, im Rahmen der räumlichen Möglichkeiten, etwas aus, lehnte mich ins Gestühl zurück und dachte an das letzte Mal, als ich Nina Hagen auf einer Bühne gesehen hatte: am 2. Juni 2010 im Schlosstheater in Rheinsberg. (In dem ich, funkte mir meine sehr exakte Erinnerung dazwischen, selbst zweimal aufgetreten war, einmal mit Harry Rowohlt und ein zweites Mal mit Uschi Brüning und Ernst-Ludwig Petrowsky; ich verwies meine Erinnerung allerdings jäh und scharf in ihre Schranken, denn ich selbst bin, wie die Formulierung »ich selbst« ja schon sagt, überhaupt nicht eitel, doch meine Erinnerung hängt diesem Übel offenbar an, und so ließ ich sie erst vor mir und dann vor sich selbst verschwinden. Ha!)

In Rheinsberg hatte Nina Hagen ihre Vertonung des Gedichts »Das Trauerspiel von Afghanistan« von Theodor Fontane aus dem Jahr 1859 solo zur Gitarre vorgetragen; nicht nur der Schluss- und Schussvers »Mit dreizehntausend der Zug begann, / Einer kam heim aus Afghanistan« hatte meine Armhaare zum Hochprickeln gebracht, und aber nicht nur meine. Man spürt das ja, wenn man nicht auf das »Mein RTL, Mein Rewe, Mein I-Phone, Mein Kampf, Mein etcetera« reduziert ist, wie ein ganzer Saal in stiller Faszination eben nicht erstarrt, sondern zu leben beginnt, ohne dass ein Geräusch ertönt, also Lebenssimulation sich nicht breitmacht.

Nach dem Konzert hatte ich mir Nina Hagens autobiographisches Buch »Bekenntnisse« gekauft – in den siebziger Jahren hätte man gesagt: das habe ich mir »geholt« – und sie um eine Signatur gebeten. »In Liebe und Frieden« schrieb sie, ich las die knapp 300 Seiten noch in derselben Nacht und frühstückte ohne gehabten Schlaf und voller Inspiration.

Noch tief versunken in die Erinnerung an die Erinnerungen Nina Hagens wurde ich in die Gegenwart zurückgerissen: Nina Hagen betrat die Bühne, begleitet von einem Gitarristen und einem Pianisten. Sie sah hinreißend aus in ihrem roten Kleidchen, ihren hohen Stiefeln und mit der weißen Mütze auf dem Kopf, ein aus der Art geschlagener Gott-sei-Dank-bin-ich-Punk-Engel. Sie griff zur Gitarre und sang Brechts »Lied vom achten Elefanten« aus dem »Guten Menschen von Sezuan«, und alle Patina, die von Gesinnungsdiseusen je auf dieses Lied gehäuft worden war, fiel von ihm ab.

Sie sang »Vorwärts und nicht vergessen«, und alles daran war auf einmal wieder richtig, der Soul ihrer Stimme entriss die Hymne der an ihr verübten Massenbrüllerei, es war Klarheit, Wahrheit, Schönheit in einer reinen Form, wie man sie beinahe nirgends mehr zu hören bekam, sie sang Lieder von Woody Guthrie und von Solomon Bourke, »One more Cup of Coffee« von Dylan in einer eingedeutschten Version, und sogar Biermanns »Ermutigung«, dem Genöle des Prahlbarden entrissen, war auf einmal Musik. Nikolaus, der Mann für's Ringelnatzige, zitierte: »Und das Leben ist – – alles, was es nur gibt: Wahn, Krautsalat, Kampf oder Seife.«

Von Liebe und von Frieden sang Nina Hagen auf eine Art, dass Petra Kelly und Claudia Roth auf der Stelle tot hätten umfallen müssen, wenn sie nicht längst schon getan hätten, ob sie es nun wussten oder nicht. O ja, war das gut, und als sie dann noch Loretta Lynns große humoristische Hymne über die Heuchelei in ihrer Version raushaute, »Alle wollen in den Himmel, aber keiner hat Bock auf Tod«, war der Bannfluch der Dummheit gebrochen, eine viel zu selten gekannte Herzensheiterkeit ergriff das Publikum, das, von dieser Mischung aus Tiefe und Leichtigkeit geküsst, aus dem Quark kam, aus dem Tran, aus dem Deppengeschepper, es war lustig, es war wonnevoll, und als ein Sauertopf dazwischenblökte, »Zurück zu Brecht!,« brach ein freundlicher Schwall der Belustigtheit über dem Zwangsmann zusammen, denn Brecht war ja da, er lebte in seiner Schülerin Nina Hagen.

Das Konzert ging zuende. Als letzte Nummer sang Nina Hagen »All You Fascists Bound To Lose«, sie tat es voller Liebe und Kraft, ohne blödes Pathos. Ein Mann mit dichtem weißem Haarpelz stand auf und applaudierte bewegt. »Das ist doch der Kerl mit dem geräumigen Äußeren, der schon auf der Wielandshöhe saß«, flüsterte Franz, und er täuschte sich nicht.

Nach der Show standen wir am Tresen, Berthold Seliger, so hieß der große Mann mit dem weißen Haar, bestellte zwei Dezi Fendant und seufzte beglückt. »Das sind die Abende, um die es geht. Musik mit Haltung, Leute, die etwas zu sagen haben, und das ganze in einem kleinen, feinen Club wie diesem.« Er trank einen Schluck und lächelte. »Und die Wichtigmeier vom Musikjournalismus sind alle sonstwo, nur eben nicht hier. Astrein.«

Er zog eine Zeitung aus der Manteltasche; es war eine Ausgabe der *FAZ*. Seliger klappte sie auf und zitierte: »... das legitime Bedürfnis, endlich einmal seine Ruhe zu haben ... im guten Sinne unambitioniert ... sämig-schwingende Gitarrenläufe ... eine Band, die Bier trinkt ... betörend transparent ... im besten Sinne authentisch ... das erratische Gitarrengenie ...«

Er lachte herzhaft. »Erratisches Gitarrengenie / Was *das* heißt, das errat isch nie!«, ließ er im Stile Robert Gernhardts vernehmen und prustete: »Im guten Sinne sämig, im besten Sinne betörend – geht es eigentlich noch? Sowas drückt sich ein Greis aus der Birne, der bei Deep Purple in Ruhe sein Bier trinken will! Und ganz authentisch ›betörend‹ sagen kann. Im Feuilleton der *FAZ*, dem besten in Deutschland, wie es so heißt.« Er schauderte. »Da kann man doch nur noch abhauen.«

Nikolaus sah ihn freundlich an und sagte: »Mach dir nicht zu viele Sorgen um nichts. Etwas Besseres als den Tod findest du überall.«

Da hatte Nikolaus Recht, und von den Märchen

der Brüder Grimm verstand er etwas. Der Barmann spielte ein altes Stück der Schweizer Band Die Aeronauten. Olifr Mauermann, der Sänger, Gitarrist und Songschreiber, bretterte gut los:

»Meine Freunde sagen mir ich solle mit ihnen gehen / sie schlagen die Faschisten und ficken das System / sie schreiben überall Sachen an die Wand / sie hören Musik aus dem Baskenland / doch ich möchte eine Freundin / ich möchte lieber ein Mädchen kennen lernen / ich möchte eine Freundin / ich möchte lieber ein Mädchen kennen lernen.«

»Volltreffer«, sagte Franz und strahlte, dann kam »Bettina, ich wollt' ich wär' tot«, noch so eine Aeronauten-Hymne, die man nicht wieder vergaß, wenn man sie einmal gehört hatte. Der Barkeeper, es war der Chef Bädu selbst, freute sich über die Gesichtsausdrücke, die wir bei unserem stillen Wegschwelgen offenbar vorzeigten, und legte mit der Erfahrung eines guten DJs noch einen drauf.

»Wir tragen Sterne / Wir tragen Herzen / Wir wollen lachen / Und wollen scherzen / Dann wieder weinen / Und traurig scheinen«: Der alte Grauzonen-Hit lief, in einer neueren Version, Stefan Eicher haute ihn raus. »So muss das sein, so wird das sein«, sang er, und beim Refrain war jeder von uns auf seine Weise dabei: »Der Weg zu zweit ist halb soweit / Der Weg zu zweit ist halb soweit ...«

Die alte Diskussion, ob dieser Meilenstein der neueren Punkpopgeschichte nicht eigentlich von Martin Eicher stammte, dem Bruder, der dann in der Klapper gelandet war, interessierte uns nicht einmal peripher. Wir waren, auch durch das Konzert von Nina Hagen, sowieso sperrangelweit offen fürs Sentiment und fühlten uns wohl wie Wirsche. Wo es solche Musik gab, die man auch leise hören konnte, war dann unser Schalldämpfer-Plan eigentlich ein guter?

»Ich glaube, wir sind einfach nicht blutrünstig genug für den Job«, sagte Franz und lehnte seine geliebte Abgesägte gesichert und lotrecht unten gegen den Tresen. Er sprach munter und gar nicht resigniert, im Gegenteil, seine schwarzen Augen glänzten. »Ich meine, wir kucken uns gerne ›Pat Garrett & Billy the Kid‹ von Peckinpah an, lieben die Filmmusik von Dylan und freuen uns, wenn Kris Kristofferson als Billy zu James Coburn als Garrett sagt: ›Gar kein schlechter Schuss für einen verheirateten Mann‹, in der vollen Doppelbedeutung der Worte.«

Franz nahm einen Schluck Bier und sinnierte weiter. »Und wenn die Schrotflinte mit Münzen gefüllt wird und die volle Ladung durch einen Schergen durchgeht, gefällt uns das auch. Aber das ist eben Filmkunst und nicht trüber Alltag, oder?«

Ich griff den losen Faden auf. »Wenn der großartige Dietmar Mues in der Hörspielversion von Robert Louis Stevensons ›Schatzinsel‹ als Long John Silver sagt, ›Ich seh' mir den Mann von innen an‹, ist das einfach phantastisch. Das ist ja nicht psychoanalytisch gemeint, sondern ganz physisch. Entermesser raus und tschack!« Ich lächelte begeistert und repetierte mit der Seligkeit des Regressiven: »›Ich seh' mir den Mann von innen an‹, herrlich ...« und dachte sehnsüchtig an das Exemplar der Neuübersetzung der »Schatzinsel« von Andreas Nohl in meiner Ledertasche. »Ehrlich gesagt, Jungs, ich könnte jetzt langsam in die Falle.«

So ging es wohl allen in unserer Runde. Wir mussten die Sache einmal sacken lassen und eine Nacht darüber schlafen, wenigstens aber mal ein Nickerchen machen, »have a nap«, wie der Engländer sagt.

Herrlich ist es, den mürben Leib zwischen die Laken hinzustrecken, den Geruch frischer Bettwäsche in die Nüstern einzusaugen und wohlig die Gräten zu recken. Und dann liest noch jemand etwas vor? Einer, der das kann? O ja!

Kaum lag ich im Hotelbett in Thun, durchfledderte ich im Geiste die Schatzkammern meines Hörbuch-Portefeuilles. Wer sollte mich heute in den Schlaf lesen? Harry Rowohlt, der den von ihm selbst übersetzten Klassiker »Die grüne Wolke« von Alexander Neill sprach, als hätte ein sehr gut gelaunter Gott ihm das eingegeben?

Oder Otto Sander, der eine Auswahl der »Essais« von Michel de Montaigne las, die er eben nicht nur zum Niederknien präzise und warm zugleich in die Trommelfelle seiner glücklichen Zuhörer raspelte, sondern die er hörbar auch bis ins letzte Komma richtig aufgefasst hatte. (Das ist bei Schauspielern keineswegs selbstverständlich;

die trostfernen Versuche von Jan-Josef Liefers, Kurt Vonneguts »Schlachthof 5« unfallfrei aufzusprechen, jagen mir bis heute Schauer über den Rücken, wie der Heinz-Rühmann-Wiedergänger Liefers überhaupt.) Sollte ich mir Otto Sanders Lesart von Montaignes »Plädoyer für's männliche Glied« zu Gemüte führen und fröhlich wegschlummern? Nein, das schöne Stück bewahrt man sich besser für Frauen auf, als Lackmustest; eine Frau, die mit diesem Text nichts anzufangen weiß, darf man getrost sich selbst beziehungsweise minderen Freiern überlassen.

Ich entschied mich für Dietmar Mues, der Janwillem van de Weterings Kriminalgeschichte »Die Katze von Brigadier de Gier« so seidig schnurrte und eruptiv schepperte, als käme seine Stimme direkt aus der Trompete von Miles Davis.

Ich wachte auf, glockenhell und glücklich, und hatte Musik im Kopf. Im Schlaf träumt man manchmal die schönste aller Musik, möchte sie festhalten, und wenn man erwacht, ist sie fort. Glück lässt sich nicht konservieren.

Singen im Schlaf ist zauberhaft; wenn die Süße neben dir im Tiefschlaf auf einmal zu singen beginnt und dich damit weckt, ist das magisch; Wörter sind nicht zu verstehen, aber es gibt eine maa-maa-maa-paa-paa-paa-daa-daa-daa-gestützte Melodie zu hören, der ich fasziniert zuhöre, eine ganz eigene Version des Tom Waits'schen »Innocent when you dream«.

Wenn ich als Kleinkind im Schlaf sang, wurde

ich dafür von meinem Vater verprügelt. Er ließ mich nicht in Ruhe, er nahm mich auch nicht auf den Arm und wiegte mich, er schlug zu. Gegen Dreijährige war er sehr mutig. Weil er außer Sadist nichts gelernt hatte, wurde er später Lehrer und Gymnasialdirektor. Nach Feierabend (also ab mittags), am Wochenende und in den Ferien tobte er sein pädagogisches Potential an seinen eigenen, vulgo ihm als sein Eigentum erscheinenden Kindern aus. Es sind nicht zufällig die Kinder von Lehrern, die finden, dass Lehrer viel zu kurze aushäusige Arbeitszeiten und viel zu lange Ferien haben.

Ich setzte mich auf, zwischen meinen Ohren einen alten Song von Del Amitri, »Nothing ever happens«. Ich stieg in der letzten Strophe ein: »... and computer terminals report some gains / on the values of copper and tin / while American businessmen snap up Van Goghs / for the price of a hospital wing // Nothing ever happens, nothing happens at all / the needle returns to the start of the song / and we all sing along like before / and we'll all be lonely tonight and lonely tomorrow ...«

Popsong mit Sinn / so haut das hin, dachte ich und schritt nackich singend dem Badezimmer zu.

Die Frage baden oder duschen verursacht mir keinerlei Entscheidungsqualen; ein Wannenbad hat duftende Wonnen zu bieten, duschen kann man, wenn man keine Zeit hat. Der Gedanke ans Duschen verursacht mir trotzdem gute Laune. Das habe ich meinem Vater zu verdanken. Als er, Mitte

30, Lehrer, verheiratet und Vater dreier Söhne, das Haus seiner Adoptiveltern umgebaut hatte, musste jeder Pfennig dreimal umgedreht werden.

Das schien ihm, der hinter dem Wunsch nach der geringsten Bequemlichkeit schon die Fratze des Müßiggangs hervorlugen sah, gar nicht unangenehm zu sein. Es gibt Menschen, die das Sparen an sich glücklich macht und die ständig überlegen, was und wo sie noch mehr sparen könnten. Wird mehr Strom verschwendet, wenn man das Licht im Flur eingeschaltet läßt, als wenn man es aus- und dann wieder einschaltet? Oder verschlingt das Aus- und Wiedereinschalten doch mehr Energie? Über solchen Fragen kann man ein Leben verbringen.

Und wie, zermarterte sich der Mann Jahre später den Brägen, kann man seine pubertierenden Söhne davon abbringen, dauernd zu duschen und damit immense Wasser- und Abwasserkosten zu verursachen? Zum uneingeschränkten Schweißgeruch konnte er ihnen nicht raten, das hätten sie ihm nicht abgekauft, schließlich war er geruchsempfindlich und hatte eine feine Nase. So verfiel er auf eine raffinierte Methode; jeder pubertierende Jugendliche hat höllische Angst vor Hautunreinheit, Akne, sichtbaren Allergien und allem, was ihn entstellen könnte.

Mein Vater behauptete also, allzu häufiges Duschen zerstöre den Säureschutzmantel der Haut; das stimmte zwar, aber was war die Definition von »allzu häufig«? Mehr als einmal täglich? Öfter als dreimal pro Woche? Oder konnte man es zu Hause nicht sogar ganz weglassen, weil ja in der Schule und im Sportverein regelmäßig geduscht wurde? Als die Söhne sich resistent zeigten und munter weiterduschten, griff er zu seiner stärksten Waffe, setzte eine todernste Miene auf und erklärte: »Hautärzte warnen ja auch davor.« Dieser Satz wurde schon bald Geflügel, denn den jüngeren Mitgliedern der Familie war unbekannt und Neuland, dass der sich als Oberhaupt verstehende Mann »Hautärzte« kannte, und das auch noch im Plural.

Ich stand im Badezimmer, betrachtete die Dusche, sagte leise »Hautärzte warnen ja auch davor«, lachte und ließ mir ein Bad ein.

Ich lag in der Wanne aus heißem Wasser und Mandelöl und döste weg. In meiner Erinnerung lief ich mit anderen Dötzen die Straße lang, bunte Papierlaternen in den befäustlingten Händen haltend und hell singend: »Ich gehe mit meiner Laterne, und meine Laterne mit mir, / da oben leuchten die Sterne und unten leuchten wir, / das Licht geht aus, wir geh'n nach Haus, rabimmel rabammel rabumm...«

Gleichzeitig stand ich als Mann von 52 Jahren neben dem kleinen Korso, in dem ich als Junge lief, und sang laut und mit tiefer, geübter Stimme mit: »... das Licht geht aus, wir geh'n nach Haus, rabimmel rabammel rabumm ...«

Die Kinder hörten die Männerstimme und schauten zu mir, ich sang weiter, und die Kindergärtnerinnen, mäuseartige Wesen ohne Busen oder andere Insignien der Weiblichkeit, begneisten mich misstrauisch, aber dann verloren sogar sie temporär die Angst, von der sie beherrscht werden, weil sie spürten, dass kein Unhold dort stand und sang, sondern einer, der die Kinder vor jedem Schrecken behütet und sogar sie, die Kindergärtnerinnen, beschützt hätte, obwohl er sie nicht im geringsten mochte, und dann freuten sie sich im Rahmen ihrer doch sehr eingeschränkten Möglichkeiten.

Wir saßen am Thuner See und frühstückten. Der Kaffee war gut, bald würden wir aufbrechen und mussten noch klären wohin. Nikolaus sagte: »Ich will kein Spielverderber sein, nur habe ich das schöne Gefühl, dass wir den Schall immer dann am besten dämpfen, wenn wir selber keinen verursachen.«

Da alle in unausgesprochener, aber spürbarer Zustimmung schwiegen, fuhr er fort: »Kuckt euch doch nur Helge Schneider in ›00 Schneider‹ an, wie der tanzt! Und selbst wenn er sagt, ›Anwalt? Ich höre immer nur Anwalt‹ und den Popograbscherkerl dann vermöbelt, weiß man, dass er eben keinen verdrischt. Das ist Kinderzimmer-Poesie, ganz groß.«

Die Sache war klar. Unsere Mission hatte sich erledigt, wir durften aufhören und wieder Menschen sein, Menschen ohne Knarre, ohne die Gewissheit einer SEK-Kugel im Kopf. Ich sah mich um: Ausgeschlafene, wohlriechende Männer saßen am Tisch, ja, das war meine Bande, meine Gang, meine Posse!

Keine peinlichen Stinkmaukentypen hingen hier ab, niemand war tätowiert oder hatte sich Blech in die Visage tackern lassen, wir waren das freundlichste mobile Widerstandsnest der Welt. Klar war jeder von uns milde schizophren, aber das gehörte dazu, welcher Ohrenmensch hätte nicht davon geträumt, Florian Silbereisen wegzumachen, Campino oder Xavier Naidoo, den Mannheimer Wimmerschinken, dem so viele Nachahmer hinterherheulten, aber lieber sah man doch dabei zu, wie solche Typen svenregnerartig vom Nasenata aufgingen wie die Hefeklöße, wobei ich bei Kloß automatisch an »Klaus den Kloß« und die ITM dachte.

Ein Periskop tauchte auf im Thuner See, und danach das U-Boot, das am Periskop hing. Der Kapitän, wasserumströmt, zückte seine Mütze. Es war nicht Käpt'n Nemo, aber beinahe: Titus Rex, der alte Freund aus Zechlinerhütte bei Rheinsberg.

»Jungs, wir wollen eine Runde pokern. Lasst uns zum Zootzen gurken«, sagte er und lachte gewinnend wie immer. Neben ihm tauchte ein nicht minder gut aussehender Mann auf, der einen halbmeterhohen Zylinder trug. Er sang etwas über Matrosen, Propheten und Walfische, wie es seine Art war, und das Lied, das er vortrug, hatte mit Sirenen zu tun. »Ich bin eine Sirene, und ich singe sirenesisch«, sang Vinicio Capossela.

Neben ihm stand seine Übersetzerin, es war Maria Inferna. Ihr Haar war pechschwarz, ihre Augen leuchteten grünundgolden, und das Leben war nicht vergebens.

ENDE

Aus der Reihe Critica Diabolis

154. *Nick Tosches*, Hellfire. Die Jerry Lee Lewis-Story, 16.- Euro
160. *Hunter S. Thomspon*, Die große Haifischjagd, 19.80 Euro
162. *Lester Bangs*, Psychotische Reaktionen und heiße Luft, 19.80 Euro
171. *Harry Rowohlt, Ralf Sotscheck*, In Schlucken-zwei-Spechte, 15.- Euro
173. *einzlkind*, Harold, Toller Roman, 16.- Euro
176. *Heiko Werning*, Mein wunderbarer Wedding, 14.- Euro
177. *Wiglaf Droste*, Auf sie mit Idyll! 14.- Euro
178. *Kinky Friedman*, Zehn kleine New Yorker, 15.- Euro
185. *Klaus Bittermann*, The Crazy Never Die, 16.- Euro
186. *Hans Zippert*, Aus dem Leben eines plötzlichen Herztoten, 14.- Euro
188. *Ralf Sotscheck*, Tückisches Irland, 14.- Euro
189. *Hunter S. Thompson*, The Kingdom of Gonzo, Interviews, 18.- Euro
192. *Heiko Werning*, Schlimme Nächte, 14.- Euro
196. *Wiglaf Droste*, Sprichst du noch oder kommunizierst du schon? 14.-
207. *einzlkind*, Gretchen, Prima Roman, 18.- Euro
208. *Wiglaf Droste*, Die Würde des Menschen ist ein Konjunktiv, 14.- Euro
209. *Lee Miller*, Krieg. Mit den Alliierten in Europa 1944-45, 24.- Euro
210. *Berthold Seliger*, Das Geschäft mit der Musik, 18.- Euro
211. *Friedhelm Kändler*, Die Abenteuer der Missis Jö, 14.- Euro
212. *Franz Dobler*, A Boy Named Sue, 14.- Euro
213. *Klaus Bittermann*, Alles schick in Kreuzberg, 14.- Euro
214. *Heiko Werning*, Im wilden Wedding, 14.- Euro
215. *Hartmut El Kurdi*, Revolverhelden auf Klassenfahrt, 14.- Euro
216. *Ingo Müller*, Furchtbare Juristen, ca. 22.- Euro
217. *Marcel Cohen*, Raum der Erinnerung. Tatsachen, ca. 16.- Euro

http://www.edition-tiamat.de